川霧の巷

無茶の勘兵衛日月録16

JN304184

浅黄　斑

時代小説

二見時代小説文庫

川霧の巷《ちまた》――無茶の勘兵衛日月録16

目次

『川霧の巷《ちまた》——無茶の勘兵衛日月録16』の主な登場人物

落合勘兵衛《おちあいかんべえ》……越前大野藩江戸詰の御耳役。山路亥之助は不倶戴天の仇敵。
新高八次郎《にいたかはちじろう》……勘兵衛の若党。
園枝《そのえ》……勘兵衛の新妻。越前大野藩大目付の娘。
松田与左衛門《まつだよざえもん》……越前大野藩の江戸留守居役。落合勘兵衛の上司。
稲葉正則《いなばまさのり》……幕府の老中。越前大野藩に好意的。
酒井忠清《さかいただきよ》……幕府の大老。越前大野藩への謀略の後ろ盾。
小栗美作《おぐりみまさか》……越後高田藩の家老。越前大野藩、大和郡山藩本藩への謀略を推進。
平川武太夫《ひらかわぶだゆう》……松田与左衛門の手元役。山口彦右衛門の娘・里美との縁談が決まる。
山口彦右衛門《やまぐちひこえもん》……稲葉正則家の小納戸役。娘の里美と平川武太夫との縁談が決まる。
里美《さとみ》……山口彦右衛門の娘。平川武太夫との縁談がまとまったが……。
中川喜平《なかがわきへい》……里美の亡き夫の弟。兄の死以降、里美にしつこく付きまとう。
千束屋政次郎《ちづかやまさじろう》……割元（口入れ屋）の主。勘兵衛の探索を手伝う。
瓜《うり》の仁助《にすけ》……本庄で香具師を束ねつつ岡っ引きを務める若き親分。
落合藤次郎《おちあいとうじろう》……勘兵衛の弟。大和郡山藩本藩の目付見習い。山路ら暗殺団を追う。
山路亥之助《やまじいのすけ》……越前大野藩を出奔。大和郡山藩本藩藩主・本多政長暗殺を狙う。

越前松平家関連図（延宝５年：1677年10月時点）

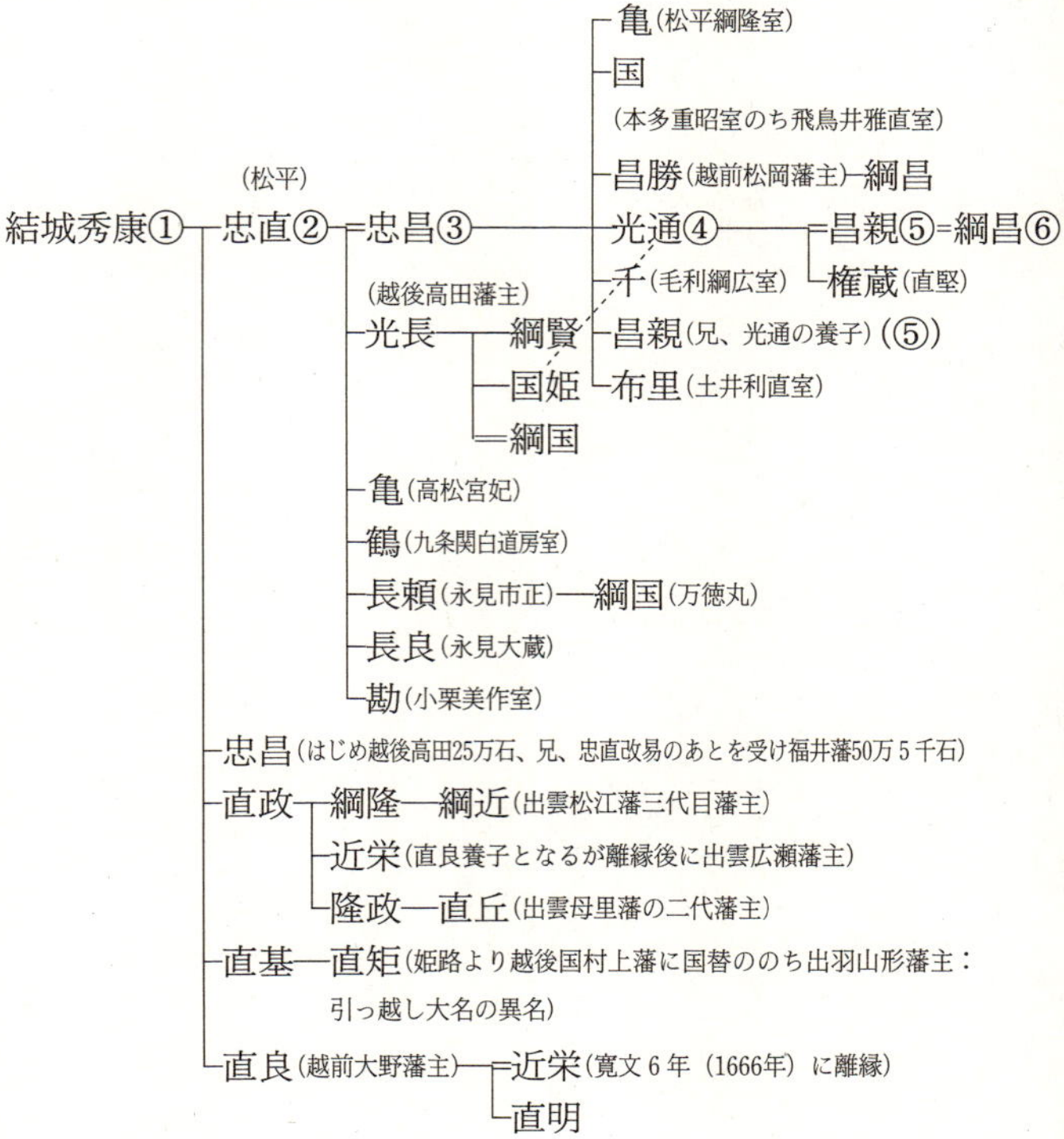

註：＝は養子関係。○数字は越前福井藩主の順を、------は夫婦関係を示す。

だらだら祭

1

雨が降っていた。

一日じゅうということではないが、ここ、三日も続いている。

秋の長雨……秋霖《しゆうりん》、というやつか。

雨が降ると、江戸の多くの道道はたちまちにぬかるむので、それを嫌う人は多い。

だが落合勘兵衛《おちあいかんべえ》は、雨がそれほど嫌いではなかった。

露月町《ろげつちよう》裏通りにある町宿《ちようしゆく》（江戸屋敷外部に与えられた住居）の二階座敷に、片肘突いて寝そべって、それとなく雨音に耳をそばだてていた。

ときおりは、開かれた窓の外を眺めもする。

雨には音があり、匂いがあり、その降りようによっては色さえもある、と勘兵衛は思っている。

かたわらで十九歳の新妻の園枝《そのえ》が、縫い物をしている姿を眺めていた目が、今再び窓辺に移ったのは、ふと雨音が優しくなったせいだ。

それほど激しく降っていたわけではなかったが、もしや熄《や》んだか、と思えるほどの、あるかあらぬかの細雨に変わっていた。

紗《しゃ》がかかったように見えていた、向かいの大名屋敷の色づいた紅葉が、鮮やかな色を取り戻したようだ。

秋の雨に濡れつつ居れば　いやしけど　我妹《わぎも》が宿し思ほゆるかも

柄《がら》にもなく、そんな万葉歌を心に浮かべたとき、戸外の石畳の道を、カンカンカンと小走りの下駄音が通っていった。

爪革《つまかわ》付きの駒下駄で、思いきり裾をたくし上げて走っている、おきゃんな町娘の情景を勘兵衛は思い浮かべた。

そして――。

（ふむ。あれもまた雨に関わる音であろうな）

などと思った。

この露月町裏の通りは、別名を日蔭町《ひかげちょう》とも呼ばれている。

片側町の西側は武家地となっていて、愛宕下《あたごした》大名小路から続く、大名家や大身旗本の屋敷が蝟集《いしゅう》している。

それらの武家屋敷では、意趣を凝らした広大な庭園が大木を林立させていて、そのため陽光があまり届かぬ特徴がある。

だが登城行列の便のために石畳が敷かれていて、荷車の通行などは禁じられていた。

それゆえ、東海道の裏通りという立地にあっても、まことに閑静な一画なのであった。

勘兵衛の視線が、再び園枝に戻った。

仲秋から晩秋に入るころ、決まってのように続く長雨を、秋の雨とか秋霖とか、霖雨と呼ぶ。

勘兵衛の視線が戻ったのに、園枝がちらと目をあげて、はにかんだように笑った。

「この雨に、おひさや八次郎《はちじろう》は、さぞ難渋しておりましょうな」

「そうかもしれぬな」

勘兵衛は相槌を打った。

八月、九月の仲秋から晩秋にかけて、江戸では天満宮《てんまんぐう》やら明神社《みようじんしや》などの秋祭りが目白押しだ。

なかでも、もっとも盛大な祭となると、九月十五日の神田祭であろう。

それが、きょうであった。

あいにくの雨をおして、女中のひさが神田祭を見てみたい、と願い出たのは、おそらくは若党の新高《にいたか》八次郎にそそのかされた……と勘兵衛は睨んでいる。

だが、笑って許してやった。

園枝の実家である、越前大野《えちぜんおおの》藩で大目付を務める塩川《しおかわ》家の用人、榊原清訓《さかきばらきよのり》の末娘であったひさは、一度は輿入れしたものの、ごく短期間で出戻ってきて、以来、園枝の少女時代からの付き女中になった。

来年には三十となるひさは、ほとんど陰気とも思える女であったが、昨年に、園枝に従って江戸に出てきて以来、見ちがえるように明るく変わった。

四囲を山に囲まれた故郷は雪深く、冬ともなれば人びとは背を丸めて歩く。

そんな山峡の城下町を一歩も出ることなく、三十年近くを暮らしていたひさにとっては、この江戸は、見るもの聞くもの、すべからく目新しく、それで性格までもが変わったのかもしれない。

ましてや、天下祭とも呼ばれる六月十五日の山王祭《さんのうまつり》に次いで、神田祭は負けず劣らずの大祭なのであった。

これより四年のちの天和《てんな》元年（一六八一）から、経済的な理由によって山王祭と神田祭は、隔年ごとの交代制になるのだが、この時期、この二つの大祭は、毎年続けられていたのである。

また山王祭が、三代将軍家光《いえみつ》のころに江戸城内に入って天下祭とも呼ばれたが、神田祭が江戸城内に入って天下祭の仲間入りをするのは、元禄《げんろく》元年（一六八八）以降のことだ。

ま、それはともかく、勘兵衛と園枝は、こうして夫婦水入らずの時間を過ごしている。

珍しいことであった。

（あと半月で……）

勘兵衛の上司である、江戸留守居役の松田与左衛門《まつだよざえもん》の媒酌によって、この江戸にて園枝と本祝言をあげて、まる一年が経つ。

（…………）

しかし、松田の元で御耳役《おみみやく》という特殊な任務につく勘兵衛は、使用人もいることとて、夫婦二人きりで、このような時間を過ごす機会は初めてのような気がする。

なにしろ、次から次へと忙しすぎたのだ。

(これは、これで、いいものだ)

あるいは、こういうのを幸福《しあわせ》と言うのかもしれぬな、などと勘兵衛は思っていた。

2

翌日は、きのうまでの天候が嘘のように、からりと晴れた秋空になった。

きのうの夫婦水入らずの時間が、ことのほか贅沢をしたような心地がして、午後になると勘兵衛は園枝を誘い、再び二階座敷に二人きりでこもった。

味をしめた、わけだ。

「お勤めのほうはよいのですか」

「なに、このところ、これという急ぎの仕事もない。御用があれば、呼び出しがあろうしな」

といって、夫婦でおしゃべりをするというのでもない。

勘兵衛は、相変わらず片肘突いて畳に横になり、縫い物をする園枝を眺めたり、窓外の紅葉を眺めたり、ついうとうととまどろんだりと、久方ぶりの自堕落を決め込んでいた。

園枝の縫い物は、そろそろ冬に向かう準備の、綿入れ作りであった。

そんなとき、部屋の外で「コホン」としわぶきの声がして、

「旦那さま、よろしゅうございますか」

八次郎の、しわがれ声が聞こえた。

「おう、入れ」

勘兵衛が身を起こすと、少し目元の赤い八次郎が、

「兄がまいりまして、おられるようなら役宅のほうへお越しを願いたい、ということでございます」

「そうか」

どうにも、無粋な邪魔が入ったものだ。

八次郎が兄と呼ぶのは新高八郎太《はちろうた》、松田与左衛門の若党で、役宅というのは、江戸上屋敷内の、江戸留守居役である松田の住居にほかならない。

「供は不要だ。せいぜい養生しろ」

「は。面目ございませぬ」

またも、しわがれ声で八次郎が答えた。

昨日の神田祭の見物で雨に打たれて、八次郎は風邪という御利益《ごりやく》を引き当てている。

目元が赤いのは、熱のせいであろう。

一方、ひさのほうは、ぴんしゃんとしていた。

「ひどくなるようなら、隣りの医者のところへ行くのだぞ」

「はい」

これまで、まだ世話になったことはないが、隣家は土岐《とき》哲庵《てつあん》という本道《ほんどう》の医者であった。

八次郎に、そう勧めたのち、

「では、まあ、出かけてくる」

園枝の見送りで町宿の入口を出たのは、そろそろ、八ツ半（午後三時）を過ぎたころであろうか。

もう片方の隣家である、大蔵流《おおくらりゅう》能小鼓師《のうこづつみし》の家からは、ポン、ポーンと、きょうの青空にふさわしい、乾いて澄んだ小鼓の音が響いていた。

3

勘兵衛の御役の耳役は、江戸の各所を巡り、さまざまな人に会い、市中の噂話を集めてくるという、一種の諜報活動であった。

それゆえ、通常の役所勤務とはちがい、日日の出勤義務はなく、自分の考え次第で比較的自由が利いた。

しかし、特殊な任務のことは妻にも話せぬ内容が多く、心配をかけぬためにも、一応は城勤め同様に二勤一休というふうに装っている。

そして近ごろ松田の役宅においては、松田から、江戸留守居役見習としての教育や、執務の手伝いもはじまっていた。

（さて……）

そんな勘兵衛に、松田からわざわざ使いがあった。

なにごとか起こったか――。

どうしても、そんなことを考えて、勘兵衛の足は速まっている。

といって、露月町から、愛宕下にある越前大野藩江戸上屋敷までは、わずかに三町

（三〇〇メートル）ばかり、あっという間に勘兵衛の姿は、松田の役宅の前に着いた。

役宅前に植えられた芙蓉《ふよう》は、ずいぶんと数を減じたものの、まだ数輪の花をつけていた。

その寂しさを補うように、芙蓉の根方には新しく藤袴《ふじばかま》が植えられて、紫紅色の小さな花が色を添えている。

「ふむ。きたか」

相変わらず執務部屋の机に向かって筆を走らせていた松田が、

「まあ、座って待て」

書類を書き上げ、松田が筆を擱《お》くのを待ってから勘兵衛は尋ねた。

「なにごとかございましたか」

「なに、急ぎの用でもなかったのだがな。きょう、太田摂津守《おおたせっつのかみ》さまの御用人がご来駕《らいが》されたでな」

「ははあ……」

（はて、太田摂津守……）

一瞬、誰であったかと首をひねりかけた勘兵衛だったが――。

「ああ、遠江浜松《とおとうみはままつ》の……」

ご城主というよりは、この江戸では幕府奏者番《そうじゃばん》と寺社奉行を兼任する、幕閣の一員としてのほうが通りがよい、太田摂津守資次《すけつぐ》のことだ。

先月の初め、勘兵衛はひょんなことから浪人の父子と巡り会った。

浪人の名は坂口喜平次《さかぐちきへいじ》、元は浜松藩の勝手掛《かってがかり》であったが、江戸詰の間に故郷の妻の不貞の噂が耳に入り、急ぎ浜松に立ち戻った。

噂は、まさに事実であり、あろうことか妻女は不義密通の相手の子まで宿していた。

それさえなければ、知らぬ顔で離縁して実家に戻す、という方策もあったのだけれど、もはやいかんともしがたい。

武家にとっては、体面というものが命より重い。

それで坂口喜平次は、泣いて妻女を刺殺して、その足で藩庁に向かって妻敵《めがたき》討ちの旅に出た。

妻の密通相手は、江戸からきた旅の絵師で、もうとっくに国表から逐電《ちくでん》している。

そこで坂口は、七歳になる一子、喜太郎《きたろう》を連れて再び江戸に出た。

だが妻敵の探索に明け暮れるうちに、ついに金も尽き、父子揃って、ほとんど飢えかかっていた。

こういう話を聞かされると、もう、どうにも放っておけないのが落合勘兵衛の気性であって、つい首を突っ込んで、妻敵の探索に手を貸した。

耳役という職業柄と、勘兵衛持ち前の人柄もあって、江戸市中には、さまざまな人脈ができあがっている。

それが功を奏して、ついに勘兵衛は坂口の妻敵の行方を突き止めた。

そして見事に坂口に本懐《ほんかい》を遂げさせたのが、わずかに八日前のことである。

無事に妻敵を討ち取った坂口父子は、不忍池《しのばずのいけ》近くにある浜松藩江戸屋敷へと戻っていった。

勘兵衛は上司の松田に、そういった事実の概略だけは報告して、

——ふむ。おまえらしいの。

勘兵衛の性格を知り抜いている松田は、ひとこと、そう言って笑ってすませていた。

その松田が言う。

「太田摂津守さまは、坂口氏《うじ》から、事の次第をお聞きになって、さっそくに御用人に命じられ、きょう御礼の挨拶にこられた、というわけじゃ」

「ははあ、それは、また律儀《りちぎ》なことでございますなあ」

「お目にかかったことはないが、摂津守さまは廉直《れんちょく》の士と聞き及んだことがある。それゆえ、奏者番にくわえて寺社奉行も兼任されておる。なにより、その坂口氏とい

うのは勝手掛として、なかなかの能吏であったようで、それで重宝《ちょうほう》して、つい三年も手元に置いておられたそうでな。ご妻女の不義密通も、そのせいではなかったかと、大いに心を痛めておられたそうじゃ」

「ご主君に、そこまで思われるとは、坂口どのも家臣として冥利《みょうり》に尽きましょうな」

もはや老体ながら、剛直一辺倒の我が主君や、無軌道で愚昧《ぐまい》にも思える若殿に爪の垢でも飲ませたい、などと勘兵衛は思っている。

「うむ。そのこともあって、摂津守さまにあられては、大いに喜ばれてな。坂口氏は元の勝手掛に復帰したのみならず、天晴《あっぱ》れおほめの沙汰もあって、四十石の家禄も六十石にと加増に与《あずか》ったそうじゃ」

「おお、それは、また……。いや、まことにめでたいお話でございますな」

「うむ。本人も、改めて、おまえのところに礼に出向きたい、と言うておるそうじゃが、まずは、太田家の御用人が、わしがところに挨拶に出向かれてきた、ということじゃよ。よほど、おまえを引き合わせようかとも考えたが、坂口氏本人もきておらぬゆえ、御用人が戻られたのち、ちょいと知らせたまでのこと。ふむ。実は、おまえへの御礼の品、というのを預かったものでな」

「や。礼の品ですと」

「ふむ。おまえに代わって、わしが重重に礼を申し述べておいたから、遠慮なく受け取るがいいだろう」

と言いつつ、松田が、机の傍らから風呂敷包みを引っ張り出した。

「些少ながら、と言われたが、練絹《ねりぎぬ》三反が入っておるようじゃ」

「ははあ。練絹……」

経糸《たていと》、緯糸《よこいと》ともに生糸《きいと》で織り上げたのちに精錬して柔らかくしたのが練絹で、贈答品の定番ものだ。

「これで、園枝どのの小袖でも新調してやればよかろう。おそらくは白絹であろうから、好みの染めをせねばならぬがな。紺屋《こうや》や捺染所《なっせんじょ》なら、わしがよい職人を紹介してやるぞ」

松田の顔の広さは、そんなところにも及んでいるようだ。

来年には還暦を迎える松田だが、若いころにはそうとうの遊蕩児であったらしいことが、これまでにもことばの端々に出てくる老人であった。

勘兵衛は如才《じょさい》なく、

「それでは、その折にはよろしくお願いをいたすことにして、遠慮なく頂戴をつかまつります」

「うん、うん。園枝どのなら、なにを着せても映《は》えようが、ふむ、今から楽しみなことじゃ」

目を細めて笑った松田だが、

「ところで勘兵衛、これは摂津守さまの御用人が、ちょこっと漏らしてくれたことじゃがな、先月の月番が南町で幸いだった。これが北町のほうであったなら、こうすいすいとはまいらなかったかもしれぬ、とのことじゃった」

「は？　はて、それはいったい……」

「ふむ……」

松田が、しばし難しそうな顔になった。

だが、松田は、すぐに表情を変えると、こんなことを言った。

「ところで勘兵衛、おまえ、芝神明宮《しばしんめいぐう》の、だらだら祭というのを知っておるか」

「さて……だらだら祭でございますか」

首をひねった。

「うん、うん、正式には芝神明の神明祭のことよ。こいつがな、毎年九月の十一日からはじまるのじゃが、なんと二十一日まで十一日間も、だらだらと続くのじゃ。それで、だらだら祭と呼ばれておる」

「ははあ、さようで……」

「そうなのじゃ。で、どうじゃろうな。明日あたり、ちょいと一緒に見物にでも出かけてみんか」

そんな誘いがあって、

（ははぁん……）

打てば響くように、勘兵衛は松田の意図を覚った。

芝の神明宮近くに、松田は、おこうという妾を一人囲って、［かりがね］という茶漬け屋をやらせている。

そして、御家中《ごかちゅう》の耳にも入れられない極秘の話には、しばしば、その［かりがね］の奥座敷が用いられた。

「では、祭見物におつきあいいたしましょう」

と、即座に勘兵衛は答えている。

4

翌朝の四ツ（午前十時）に、松田は約束どおり若党の新高八郎太を伴って、露月町

裏の町宿を訪ねてきたが、

「ちょいと、着替えをさせてもらうぞ」

八郎太が持参した風呂敷包みを受け取り、

「ふむ。おまえにもう用はないぞ」

八郎太を帰した。

すでに、これまでにも何度かあったことだが、要は変装をしようというのである。

その変装というのが、決まって古びた藍微塵《あいみじん》の着流しに、一文字笠をちょこんと乗っけるというもので、老いた貧乏御家人を気取っている。

どうやら本人は、その変装がいたく気に入っているようだが、園枝が心配そうに言う。

「もはや秋も深まり、そうとう冷えてまいりました。そのお姿では、風邪でもお召しにならぬか心配でございます」

すると松田は、普段であれば、

「なんの。心配には及ばぬ」

とでも言いそうなところ、

「おや。そうか。ふむ、では、どうすればよかろうの」

なにやら、えらく殊勝であった。

「古びたものですが、主人の広袖《ひろそで》がございます。上から、それでもお召しになってはいかがでしょう」

広袖は十徳《じっとく》ともいって、羽織によく似た無紋の防寒着であった。

さっそくに十徳を羽織った松田だが、ふたまわりほども体格がちがう勘兵衛にあわせた十徳は、松田にとっては、やや大きすぎた。

だが——。

「ふむ、これはよい。さすがに園枝どのだ」

松田は、やに下がっている。

勘兵衛もまた、紺の袷衣《あわせ》の着流しに脇差一本だけを腰にして、松田と二人町宿を出た。

これで二人とも、無役の貧乏御家人の父子くらいにしか見えないであろう。

飯倉《いいくら》神明宮とも呼ばれる芝の神明社は、徳川家菩提寺のひとつでもある増上寺《ぞうじょうじ》にくっつくようにしてある。

勘兵衛の町宿からは、指呼《しこ》の距離であった。

日蔭町と呼ばれる東海道とはひと筋ちがいの裏道を、二人でゆっくりと歩いた。

右手に陸奥《むつ》仙台藩、伊達《だて》家の広大な中屋敷を過ぎた先に、宇田川《うだがわ》を超える小さな木橋が見えてきた。

その先が神明前《まえ》とも俗称されるところで、すでに参詣人の人混みが望見できる。

「ところで……」

松田がぼそりと言った。

「近ごろ、菊池兵衛《きくちひようえ》に会うことはあるか」

「ははあ、それが……。近ごろは増上寺に姿がございませぬ」

「ほほう」

「ときおり黒鍬《くろくわ》町の組屋敷に色品《いろしな》（しなじな）を届けては、尋ねおりますが、ご妻女は、永の旅にて、と答えるばかりでございましてな」

「そうか。今は、なにを調べておるのであろうなあ」

松田が、懐かしむような声で答えた。

黒鍬組の菊池兵衛は、増上寺掃除番というお役目で、終日増上寺の蓮池《はすいけ》付近に座って、参詣者などとことばを交わし、天下の噂を集めている、大目付、大岡忠種《おおおかただたね》の直属であった。

この忠種、つい昨年のことだが、六十六歳の六月六日を期して忠勝《ただとう》と改名をしている。

それはさておいて菊池という人物に戻るが、これがなんとも奇妙な才能の持ち主で、どこそこの長屋の猫が、また子を生んだ、というようなことまで知っていた。

松田とは古くからの縁で、勘兵衛もまた、貴重な情報を、なんども菊池兵衛から得ていた。

それゆえ、盆暮れや八朔《はっさく》の日など、勘兵衛はよほどの事情がないかぎり、下谷《したや》黒鍬町の菊池の組屋敷まで直接に出向いて、付け届けを絶やさぬよう心がけていた。

おそらく菊池は今、いずくかの地で、なにごとかを調べているにちがいあるまい。

ところで、芝神明の祭では、神社の周辺でも境内でも、あちらでもこちらでも生《しょう》姜《が》市が立っている。

天照大御神《あまてらすおおみかみ》と豊受大神《とようけのおおかみ》が主祭神なので〈関東のお伊勢さま〉として信仰を集める、この神明宮は、創建の当時はまわりが生姜畑であったため、神前にはたくさんの生姜が供えられた、といういきさつがあり、それが今にいたるも続いている。

ために、別名を生姜祭ともいうのだそうだ。

この祭で生姜を買って食べると、諸厄が払われ風邪をひかないといわれている。

また、もうひとつの名物は、藤の花を描いた檜《ひのき》の割籠《わりご》で、早い話が小判形をした、蓋付きの弁当箱のようなものだ。

これを〈千木箱《ちぎばこ》〉、あるいは〈千木《ちぎ》〉といって、飴玉やら豆を入れる小物入れとして使われ、特にちぎが千着《ちぎ》に通じるところから、着るものに困らないおまじないとしてもみやげにされる。

勘兵衛は、太田家から頂戴物としてもらった練絹のことを思い出し、園枝へのみやげに、千木箱をひとつ求めた。

唇の端に笑いを浮かべた松田は、

「どれ、それではまずは、本殿に賽銭《さいせん》でも放り込んだら、例のところにまいろうかの」

と言った。

やはり、祭見物は、ただの口実であったようだ。

芝神明の山門と、増上寺の裏門で俗に大門《だいもん》とも呼ばれる間にある、七軒町《しちけんちょう》や神明《しんめい》門前町《もんぜんちょう》あたりは、迷路のように路地が連なり遊所もあるという怪しげな町構えではあるが、そんななかに［かりがね］は目立たずにあった。

暖簾《のれん》のかかった入口からではなく、生け垣に続く枝折戸《しおりど》から入ると、細長い内庭の石畳が奥座敷へと続いている。

客を通すことはない、松田与左衛門だけが使う座敷であった。

すでに、昨夜のうちに連絡が入っていたのだろう。

［かりがね］の女将《おかみ》のおこうは、すでに奥座敷の障子戸を開いて縁側に座しており、両手をついて丁寧に二人を招き入れた。

おこうがいそいそと、松田の広袖を脱がせて乱れ箱にしまい、手火鉢の上で、しゅんしゅんと湯気を上げている鉄瓶の湯で、茶を淹《い》れると、松田はいつものように、内庭を一望できる床柱に凭《もた》れるように座り、

「午餐には、まだまだ時がある。あとは放っておいてくれてよい。正午の鐘が鳴ったなら、ちょいと顔を出せ」

と、おこうに言った。

「かしこまりました」

おこうは消えた。

5

　ここは、いわば松田の陰宅ともいうべきところだが、そのことを知っているのは、長らく松田の用人を務めている新高陣八《じんぱち》や勘兵衛など、ごくごくかぎられた人数であった。

　密談の場として、利用されている。

「先月は、南町の宮崎若狭守《みやざきわかさのかみ》さまが月番であったそうじゃのう」

　松田が前置きもなく、昨日の話の続きを切り出した。

「はい。本庄《ほんじょう》奉行の月番が、例の中坊長兵衛《なかのぼうちょうべえ》さまで、南町奉行と話し合われた結果、仇討ち一件のご処断を中坊さまにご一任くだされたのです。それゆえ、さしたる取り調べもなく落着いたした次第です」

　江戸で仇討ちをする場合、まずは南北の町奉行所両方に、その届けを出しておかなければならない。

　そうでないと、無事に本懐を遂げたとしても、ただの殺人事件として扱われてしまう。

だが、仇討ちの届けさえ出しておけば、一応は小伝馬町《こてんまちょう》の牢屋敷なり、大番屋なりに留めおかれたのちに詮議があって、仇討ちにまちがいないと町奉行所の調書が取られたうえで無罪放免となる。

だが、坂口喜平次が妻敵を討ち取ったのは、本庄（本所《ほんじょ》）の地であった。

このころ、川向こうと呼ばれる深川《ふかがわ》や本庄の地は、まだまだ開発の途上にあって、その地の町政は本庄奉行が取り仕切っていた。

そのため、川向こうで事件が起こったときは、町奉行と本庄奉行が話し合って、いずれで処理するかが決められる。

坂口の妻敵討ちの処断は、結果としては、本庄奉行に託されることになった。

それで坂口も、妻敵討ち後見人を買って出た勘兵衛も、形ばかりの取り調べだけで、半日もかからず無罪放免となったのである。

松田が言う。

「そのことよ。太田摂津守さまの御用人が言われるには、南町の月番でよろしゅうござった。これが北町のほうであったなら、ちょいと面倒なことになったかもしれませんぞ。と、こう言うのだ」

「はて、それはまた、どういうことでございましょうか」

「ふむ。わしも奇妙に思うてな。それはいかなるわけでございましょうか、と、こう尋ねた」

「ははあ、それで？」

「御用人が言うには、こうじゃ。なにしろ北町奉行の島田出雲守忠政《しまだいずものかみただまさ》は、筋金入りの酒井《さかい》党でございますからなあ、と……」

「酒井党……？」

一瞬だが、勘兵衛は、その意味を汲みとりかねた。

（つまり……）

酒井党とは、大老の酒井忠清《ただきよ》の党派ということか……？

なおかつ、勘兵衛が怪訝《けげん》な表情でいると、松田がつけ加えた。

「御用人が言うには、我が主の太田摂津守は囲碁を好んで、安井算知《やすいさんち》に教えを受けているという。一方、北町の島田忠政も囲碁好きで算知の門下にあるそうで、そんなことから摂津守さまは、しばしば島田忠政と対局する機会があるそうな」

「はあ……」

（さて、それで……？）

安井算知というのは囲碁家元の二世で、十二歳で徳川家光に召し出された棋士《きし》で、名人算知とも称される人物であった。

松田が続ける。

「つまりじゃよ。わしも気づかなんだが、落合勘兵衛……すなわちおまえの名は、どうやら酒井党の面面の話に出てくるほどに知られている、ということだよ」

「いやあ、それは、ちょいと面食らいますなあ。まさかに、わたしごときが……」

「いやいや、あり得ることじゃ。なにしろ、おまえ、以前に越後高田藩の下屋敷に乗り込んで、江戸留守居の本多監物《ほんだけんもつ》と、下屋敷用人の小栗一学《おぐりいちがく》の二人を脅しあげたことがあったではないか」

「ああ……」

もう三年も昔のことであった(第四巻：冥暗の辻)。

思えば小栗一学は、越後高田藩の筆頭家老、小栗美作《みまさか》の弟であり、本多監物は小栗美作の妹婿である。

そして、その小栗美作は、大老の酒井と通じ合って、我が藩の次期藩主の座を狙う策略を弄《ろう》していた。

(なるほど、我が名は、そのようなことから伝わったのであろうか)

勘兵衛は、少しばかり緊張を覚えた。

松田が付け足す。

「御用人は、こうも言った。こたびの妻敵討ちの後見人が、越前大野藩の落合勘兵衛どのと知ったら、おそらく北町の島田は、ねちねちと難癖をつけてきたかもしれませんぞ、となあ」

「ははあ、そうすると、大老の手先となって動く輩は、まずは小栗美作、幕府にあっては大目付の渡辺綱貞《わたなべつなさだ》、それに長崎奉行の岡野貞明《おかのさだあき》……」

そこまでのところは、これまでの調べでつかめていたが――。

「くわえて、島田忠政も、我らに敵する者と考えねばなりませんな」

心を引き締めながら勘兵衛が言うと、

「ふむ。太田摂津守さまの御用人が、わざわざ、わしにそのようなことを漏らしたのは、酒井大老が、はっきり我が藩を敵視していることを、太田摂津守さまも知っておられるということじゃ。おそらくは、ご好意から、それとなく漏らしてくれたのじゃろうが、案外、酒井に睨まれている我が藩のことは、幕閣内においても、ひそかに囁かれているのであろうよ」

「もしそうならば、はたして、吉でございましょうか、それとも凶でございましょうか」

「ふむ。おまえは、どちらじゃと思う」

勘兵衛の暗闘で、これまでのところは大老や小栗の繰り出す数かずの陰謀を、どうにかしのぎきってきた。

問題は、さらに新たな策謀を仕掛けてくるかどうかである。

そこまでを沈思して、勘兵衛は答えた。

「もし幕府のうちで、それほど多くの耳にまで届いているとなれば、これ見よがしの策謀を、これ以上は仕掛けづらいと思います。それゆえ、かえって、吉のようにも思えます」

「ふむ。見る人は見ておるし、聞くことは聞いてもおる。いかに酒井が、飛ぶ鳥を落とすほどの権勢を持とうとも、あまりに極端なことはやりづらかろう。それゆえ、わしもまた、そのように思いたいところじゃがのう」

もう、これ以上、なにごともなく……というのが、松田も勘兵衛も望むところであったのだ。

6

「ところでのう」

松田が、ちょっと口調を変えた。

「その太田摂津守様の御用人……うむ。名は浜名兵庫《はまなひょうご》どのと申すのじゃが、ときに、なにゆえ御家《おんけ》は、御大老さまに、それほどに睨まれたのでござろうかな、わけでもござれば、お聞かせを願えぬか、などと、なんとも無邪気に尋ねてきたのじゃ」

「ほう。それで……？」

「もちろん。とぼけてはおいた。ところが、いや、決して興味本位で聞くのではござらぬし、知ったからとて、他言などはいたしませぬから、と、押し返してくる」

「さて、どのようなご了見でございましょうな」

「わからぬ。じゃが浜名どのが言うには、例の仙台伊達家に起こりたる、あの大騒動、大きな声では申せぬが、裏には下馬《げば》将軍の陰謀があったやに聞き及んでいる、と我が殿がご心配をなされておいでじゃ、と……な。かかる発言からみるところ、浜名どのには、おそらくは、そのあたりを探ってまいれ、と太田摂津守さまに命じられたのではなかろうか、とは、わしの勝手な推量じゃがな……」

「………」

勘兵衛もわずかに、眉をひそめた。

伊達騒動の発端は、仙台藩三代藩主の伊達綱宗《つねむね》が、たった二年足らずの在位、わずかに二十一歳という若年で幕閣から隠居を命じられたことで、それをきっかけに伊達家では、血を血で洗う凄惨な御家騒動に発展していった。

その綱宗への強制隠居の理由には諸説があるが、酒井大老の陰謀説のひとつには、綱宗の生母が当時の後西《ごさい》天皇の母方の叔母——すなわち後西天皇と綱宗が従兄弟《いとこ》同士であったことから、天皇家と伊達家の結びつきを怖れたということがある。

また、ひとつには外様《とざま》で東北の雄藩である伊達家を分割して、その力を削いでおきたかったという説もある。

いまひとつは、ほかならぬ酒井大老の養女が、仙台藩支藩であった一関《いちのせき》藩の領主、伊達兵部《ひょうぶ》宗勝《むねかつ》の嫡男である伊達宗興《むねおき》に嫁ぐことになっていたから、あわよくば伊達本家を宗興に継がせて、漁夫の利を得ようとの企みがあったとも噂される。

だが伊達家の御家騒動は、そのような酒井大老の思惑を大きくはずれた大騒動に発展していき、ついには六年前の寛文《かんぶん》十一年（一六七一）三月、酒井大老の邸内における伊達家首席奉行であった原田甲斐の刃傷事件によって、ついに終焉を迎えたのであった。

松田が苦笑混じりに言う。

「ま、太田摂津守さまにすれば、伊達家のような外様の大藩ならいざ知らず、御三家にも準ずる親藩である越前松平家の、しかもわずかに五万石という小藩を相手に、なにゆえ大老がちょっかいを出すのであろうか、と首をひねったのであろうよ」

「なるほど……」

興味本位ではないとはいうが、だからといって、柳営中《りゅうえいちゅう》の高級官僚ながら、幕閣の中枢部に位置していない摂津守が、表立って我が藩の助けになるとも思えなかった。

松田がことばを継ぐ。

「まあ、我らに敵意があってのこととは思われぬがな。摂津守さまが酒井党だという南町の島田とは、ときおり碁を打つ仲というから、できれば、その際にでも、酒井党の動きでも探って、それを我らに教えてくれよう、というご好意とも思えるがな」

「そうかもしれませぬな」

勘兵衛も、そんな心象を持った。

「というて、摂津守さまの真意がわからぬままに、ぺらぺらしゃべれるものでもない」

「それは、そうでございます」

「それに、我らが大老の標的となるにいたった理由となると、とても、かくかくしかじかと、ひと言や二言では話し尽くせるものではない」

「それは、そうでございますなあ」

背後には、どす黒く、深い陰謀が大きな広がりを見せているのであった。

「じゃが、浜名どのに言われて、わしも、事ここにいたった流れというものを、改めて整理しておかねばならぬ、と気づかされたのよ。思えば、これまで、あれやそれやと、事あるごとに、飛んでくる火の粉を払うのに勢い込んでばかりおって、その余裕とてなかったが、この際、なにゆえに、このような事態に陥ってしまったのか、そのことを虚心坦懐《きょしんたんかい》に分析をして、それをひと筋の流れとして認識しておくことも必要であろうかと思えてのう。そこで、ここはひとつ、おまえとそれを整理して、共通の認識として把握しておこうと思いついたのじゃ。さすれば、今後の対処を誤ることもなかろう、と思うてのう」

松田の言わんとすることは、なんとなく勘兵衛にも理解ができた。

松田は茶を一服、喫したのち、勘兵衛の顔を覗き込むようにして言った。

「というて、ざっと表面だけをなぞって、一連の流れをつかむだけでは事足りぬ。なにしろそれぞれの流れには、血の通った人間という者が絡んでおる。ここは、ひとつ、関係者の人となりというか、性格にまで踏み込んで、分析検討を加えておくのが万全だと思う」

松田が務める江戸留守居役というのは、いわば現代ならば外交官、その資質ひとつで、国を危うくもすれば、窮地を脱することもできる存在であった。

その点、松田は抜け目のない、まことに卓抜な江戸留守居役といえた。

（この慎重さと、深い思量力を——）

おのれも見習い、身につけねばならぬな、と、改めて勘兵衛は、身の引き締まる思いであった。

生姜茶漬《しょうが》け

1

「それでは、勘兵衛、事ここにいたった流れについて、おまえは、どのように思っておるのかな」

松田が、さっそく尋ねてきた。

「まず、そもそものはじまりは、三年前に越後高田の御領主、松平光長《まつだいらみつなが》さまが、たった一人のご嫡男を亡くされた……。すべての源《みなもと》は、そこから発したものと思量いたします」

「ふうむ、そう思うか」

「はい」

光長のたった一人の嫡男とは、松平綱賢《つなかた》、しかも綱賢には嗣子《しし》がなかったため、急ぎ大評定《だいひょうじょう》が開かれた。

そして、すったもんだの挙句《あげく》に、新たな高田藩の世嗣《せし》には、綱賢の従弟《いとこ》にあたる十三歳の万徳丸《まんとくまる》が選ばれて、第四代将軍徳川家綱《とくがわいえつな》より偏諱《へんき》を許され、松平三河守《みかわのかみ》綱国《つなくに》を名乗り、今は江戸にある。

だが、これに大いなる不満を抱く人物がいた。

光長の庶弟であった、永見大蔵長良《ながみおおくらながよし》である。

そのとき長良は四十六歳という高齢を理由に候補から外されたのであったが、どうにもそれが気に食わない。

その長良の存在が、ゆくゆくは越後高田藩の足かせ、もしくは騒動の種子《たね》になるかもしれぬと憂慮した、越後高田藩の主席家老である小栗美作は、体《てい》よく大蔵長良を遠ざける策を練った。

それほどに大名になりたいのであれば、その座を与えてやれば、文句はあるまい……。

越後高田藩主の松平光長は、越前北ノ庄《きたのしょう》（福井）七十五万石の城主であり、徳川家康《いえやす》の孫にあたる松平忠直《ただなお》の嫡男として生まれた。

だが忠直は、不仲であった二代将軍徳川秀忠《ひでただ》によって隠居を命じられ、豊後《ぶんご》（大分）に配流された。

そのとき嫡男の仙千代《せんちよ》（光長）は、北ノ庄という枢要の地を治めるには幼すぎる（九歳）という理由で、二十六万石で越後高田に移封することになる。

しかしながら、仙千代の実母の勝姫は秀忠の娘ということもあって、光長の家は御三家に準じる〈越後中将家〉として重んじられ、今や枝葉を各地に伸ばしている越前松平家の総帥《そうすい》、という立場でもあった。

ならば、数ある越前松平家のなかからひとつ、大蔵長良を押し込む家を見つければよい、と小栗美作は考えたわけだ。

そして白羽の矢が立ったのが、五万石の越前大野藩であったのだ。

勘兵衛が、そのような背景についてを、おおむね開陳すると、松田は大きくうなずいて——。

「ふむ。おおかたのところは、そのとおりじゃ。じゃが、我が藩が標的に選ばれたのには、それ以前からの、宿痾《しゅくあ》ともいうべき過去からの積み重ねがある」

「宿痾でございますか」

「うむ。まあ、歴史の澱《おり》のようなものでもある。わしが思うに、今から二十数年前、我が殿の兄上にあたる出雲松江藩から、ご次男の近栄《ちかよし》さまを婿養子にとられた。それこそが、事ここにいたった真の源流だと、わしは思っている」

「ははあ、あの一件がでございますか」

松平近栄が、出雲松江から越前大野へ養子に入り、主君の娘である満姫を娶ったのは、勘兵衛が生まれる前年のことであった。

それゆえ、勘兵衛には、そのころの状況については、ほとんど疎《うと》い。

(以下、本書7ページの越前松平家関連図を参考とされたい)

松田が、唇を舌で湿して、話しはじめた。

「殿におかれては、五人もの男児を得ながら不幸にも、そのことごとくを喪《うしな》われ、齢《よわい》も五十を越えられていた。これではならじ、と当時の国家老であった乙部勘左衛門《おとべかんざえもん》が奔走をして、近栄さまを御養子にお迎えすることを成し遂げられたわけじゃ」

「…………」

そのあたりの事情は勘兵衛も、のちに聞き知ってはいたが、黙って拝聴に徹した。

「当時は、わしも若かったでのう。お世継ぎさまは、なにがなんでも殿のご実子でなければならぬ、と固く思い定め、健康な男児が授かるような側女《そばめ》探しに奔走したものじゃ」

その話もまた、以前に勘兵衛は聞かされたことがある。そのころの松田は、殿さまの側役であった。

そんな松田に、この女性《にょしょう》ならばと太鼓判を捺《お》して、強く推薦したのが、例の増上寺掃除番の菊池兵衛だったと聞いている。

その女性こそ、現在の若殿である直明《なおあきら》を生んだ、故お布利《ふり》の方《かた》であった。

一方、当時の江戸家老であった小泉権大夫《こいずみごんだゆう》も、国家老への対抗上、松田に協力を惜しまず、幼名を左門《さもん》といった若君を、母子ともに江戸屋敷から市井《しせい》に隠匿して、国家老から送り込まれる刺客の魔手から守り抜いたのであった。

こうして、越前大野藩内部には、御養子の松平近栄を世子とするか、実子として生まれた左門君を世子とするかの、秘かな暗闘が繰り広げられることになる。

まあ、一種の御家騒動であった。

そして左門君が、災厄なく長じて十二歳になったとき、ついに主君の松平直良《なおよし》は、左門君を世子にするとの決断をした。

そこで松平近栄は、直良との養子縁組を解いて、出雲松江の本家から、出雲広瀬の地に二万石を分け与えられて、出雲広瀬藩を新たに立てたのである。

「わしゃあ快哉《かいさい》を叫んで、あのときほど嬉しいことはなかった。なにしろ、我が努力が報われたのじゃからなあ」

　懐かしむような声で、松田が言う。

「さようでございましょうなあ」

　勘兵衛も相槌を打ちながらも――。

（はて……）

　今は、単なる昔語りではない。

　つまり、その一件こそが、酒井大老や小栗美作の、我が藩への陰謀の源だと松田は言いたいらしい。

　いったい、そのことが、どこに、どう繋がるというのであろうか。

　松田は続けた。

「問題は、我が藩の次期の世継にと、鳴り物入りで近栄さまをお迎えして、それから十数年もの長きにわたり、宙ぶらりんの状態の末に、養子縁組を白紙に戻してしまったことじゃ。わしゃ、嬉しさに浮かれて、そこのところまで気がまわらなかったわけじゃが、いや、まことに罪深いことをしたと、今となっては心底からそう思う」

　そこでことばを切り、松田は、再び茶を口に運んだ。

「実は、そのことで、おそらく我が殿は幕閣には快くは思われなかったであろうし、また、諸所にある越前松平家ご一統にも評判を落としたであろう。つまりは、一族の憎まれ者となったのじゃ」

なるほど、そう続くのか……。

勘兵衛にも、ようやく松田の憂慮の道筋が見えてきた気がした。

で、勘兵衛は、今度は自分のほうから口を開いた。

「そんなところへ、あの直堅《なおかた》さまの一件が起こった、ということでございますな」

「おう。権蔵《ごんぞう》な。今さら愚痴ってもはじまらぬが、あれがいちばんの余計ごとであったわ」

松田は、少し激した声になり、湯呑み茶碗をつかんだが、

「ちっ！」

小さく舌打ちをした。

空《から》であったらしい。

「あ、二番煎じでございますが、わたしがお淹れいたします」

勘兵衛は膝でにじって、火鉢で湯気を立てている鉄瓶から急須に湯を足《た》して、松田の湯呑みを満たした。

松田が権蔵と呼び、勘兵衛が直堅さまと呼んだのは、越前福井藩の四代目藩主であ

る松平光通《みつみち》が、側女《そばめ》に生ませた長男のことで、こういうのを庶長子《しょちょうし》という。

その権蔵が、故郷の福井を脱して、大叔父にあたる我が主君を頼ってきた。

頼られた直良は〈窮鳥《きゅうちょう》懐に入れば……〉の武家の通例として、権蔵を愛宕下の江戸屋敷に秘かに匿うことにした。

もちろん権蔵が、そのような行動をとったのには理由がある。

ここに、越後高田藩との関わりが出てくるのだ。

2

勘兵衛が淹れた、二番煎じの湯呑みを両手で包み込むようにして松田は飲んで、

「問題は、権蔵の父、越前福井の松平光通の元に、嫁してきたのが越後高田の光長の娘だったことじゃ」

「はい。その点なら、重重に承知しております」

事が、ややこしくなるのは、それからで、権蔵が故郷を捨てて、直良を頼ってきた理由も、また、そこにある。

松田が続けた。

「松平光通の父は忠昌《ただまさ》というて、越後高田の領主であったのだが、父の忠直が配流されたあと、幕府においては光長がまだ幼い、という理由で、江戸城に越前松平家の支流諸家を集めたうえで、光長と忠昌との領地替えを命じられたのだ」

（なるほど……、因縁深いことだ……）

偽らざる勘兵衛の感想である。

「ところが光長の御母堂の勝姫は、その名に負けず、まことに勝ち気な女性でなあ。越前北ノ庄から転封のみならず、七十五万石から二十四万石に減封とはなにごとか、と大いに怒り、家中に武装をさせて抵抗の様子を示した。いやはや類のないことじゃが、なにしろ二代将軍の娘でもあり、当時の三代将軍家光さまとは、生母も同じの実の妹じゃ。幕閣は驚きあわて、勝姫さま分として二万石を積んで二十六万石ということで、どうにかなだめることに成功した」

「ははあ、そのようなことがあったのですか」

初耳であった。

「それだけではすまぬ。やがて光長も長じて国姫が生まれると、勝姫がごり押しをして、はやばやと福井の光通との婚約を認めさせたのじゃ。つまりは本貫《ほんがん》の地である福井への執念であろうな」

「ははあ……」

まさに、因果はめぐる糸車だな、と勘兵衛は思った。

「ところが、婚約は早かったものの、これにはなかなか幕閣の許可が下りなかった。なにしろ、名にし負う〈高田様〉とも呼ばれる勝姫のことだ。幕府としては越後高田による越前福井への干渉をおそれたわけだ」

「噂には聞いておりましたが、〈高田様〉というのは、女ながらに、なかなかの豪傑でございますすな」

「そう、それがかえって、不幸のはじまりよ」

ふっと、松田は溜め息をついた。

「幕府においても危惧があったし、越前福井側にしても、〈高田様〉や〈越後中将《ちゅうじょう》家〉の言いなりになってよいものか、と防守《ぼうしゅ》の声も高く、二人の縁談は、なかなか前には進まなかった」

「そうだったのですか」

「ところが、そんなことであきらめる〈高田様〉ではなかった。家光さまが没して家《いえ》綱《つな》さまが、四代将軍になったのを待っていたように、姉であり天寿院《てんじゅいん》と号していた千《せん》姫《ひめ》さまをお味方につけて、この婚姻は亡き家光さまの遺命である、と脅しつけて、ついに幕府も、これに屈した」

「いやあ、やるものですなあ」

勘兵衛にとっては、初めて聞く話ばかりである。

「光通も国姫も同年生まれであったから、そのとき二人はともに十九歳、それゆえに、まあ、大名の娘としては遅い婚姻じゃ。一方、光通のほうは、すでに側女《そばめ》に手をつけて、権蔵を生ませていたのじゃが、許嫁《いいなずけ》のある身でもあったし、なにより〈高田様〉がこわい。それでわりを食ったのが権蔵で、こっそり隠し子にされて、家老の永見家に預けられて福井城の郊外の村で、秘かに育てられておった」

そのあたりからのことは、勘兵衛も聞き知っている。

国姫の父である光長たちも、光通に、すでに権蔵という隠し子があることは承知のうえで、まさかに隠し子などはおらぬであろうな、と光通に迫った。

結果、光通は幕府に対し、自分には男児などなく、国姫との間に生まれた男児を必ずや世子とする、などという馬鹿げた起請文《きしょうもん》を提出してしまう。

こうして、権蔵の存在は完全に抹殺されてしまった。

これには〈高田様〉も大いに満足したであろうが、そうそう思惑どおりに進まないのが、世の常である。

女傑の〈高田様〉は、かえって悲劇の種子をばらまいていたのである。

こうして嫁いだ国姫には、夫に対して、大いなる負い目があった。

ほかならぬ、祖母の〈高田様〉の圧力に屈して、光通が幕府にまで届け出た起請文の存在である。

なにがなんでも男児を生まねばならぬ。

そのことが、日日に国姫の心の負担になっていく。

ようやくに生んだ子は、あいにく女児で布与《ふよ》と名づけられた。

次もまた女児で、市《いち》と名づけられたが早世をした。

以来、とうとう子ができぬ。

焦慮が怒濤のように国姫の精神を蝕《むしば》んでいったが、できぬものはできぬ。

日を経るごとに国姫の心魂《しんこん》は罅割《ひびわ》れ、砕けかけていた。

そしてついに三十五歳を迎えたとき、祖母や父への期待に添えなかったことを詫びる遺書を残して自害した。

これに対して、光長も〈高田様〉も激怒した。

そして、その怒りの矛先は、光通の隠し子である権蔵に向けられたのである。

これはもう逆恨みとしか思えぬが、自分たちが本貫の地と信じる福井の地を、どこの馬の骨が生んだともしれない庶子ごときに渡してたまるか、といった、歪んだ意地もあったのであろう。

そして権蔵に向けて、いち早く権蔵の耳にも入った。

そのような噂は、いち早く権蔵の耳にも入った。

そのうえ、実の父が、自分を守ってくれる気配さえない。

それで権蔵は、ついに故郷を出奔《しゅっぽん》した。

(思えば、権蔵も哀れな星の下に生まれたものだ……)

勘兵衛には、そうも思えるが、我が藩にとっては、それが元で、越前松平家の領袖、越後高田藩の恨みを完全に買う結果となったのである。

3

少し風が吹いて、[かりがね] 中庭の庭木の葉が、さやさやと鳴った。

その葉擦れの音に、少し耳を傾けたのち、松田がぽつりと言った。

「それにしても、松平光通というのは、なんとも骨のない男であった。自分まで自死してしまわなければ、また、違《ちご》うた展開も望めたであろうになあ」

「はあ、下世話《げせわ》に言う、風が吹けば桶屋が儲かる、ではございませんが、いやはや、迷惑千万なことでございました」

こう次から次へと、悪いほうに転がっていったのも、短慮にも権蔵の父が、福井藩主の跡目は庶弟の松平昌親《まさちか》に譲ると遺言をして、自殺してしまったからである。

自分には子などない、という起請文まで幕府に提出していながら、権蔵に出奔されて、もうこれ以上は面目が保てない、というのが自殺の理由であろうと言われている。

「その遺言で、福井の五代藩主となった昌親にすれば、まさに、棚からぼた餅と喜んだであろうが、まさか、ああいうことになるとは夢にも思わなかったであろうな」

むしろ静かな口調で、松田は頰に笑みさえ浮かべて言う。

「そうで、ございましょうなあ」

勘兵衛もまた、静かに返した。

実父の死を知った権蔵は、故郷福井の主だった者たちに、我こそが光通の嫡男である、との檄《げき》を飛ばした。

ずっと隠し子として扱われていたが、ほとんどの福井藩士は、権蔵の存在を知っている。

福井藩の家中は騒然となった。

権蔵こそが正嫡だと唱える者の声がだんだん大きくなり、ついには、権蔵のいるこの江戸へ、福井を脱藩して家士たちが集まりだした。

　勘兵衛は言った。

「そのうえ、四代目を襲封された昌親さまには、昌勝《まさかつ》さまという兄上がいた。いくら遺言であったとはいえ、長幼の序からもはずれて、二重に家督の継承順を侵している、と福井の御家中は、揉めに揉めましたそうですからなあ」

「おうさ。福井の家中では、権蔵、昌親、昌勝の三派に分かれて家督争いがはじまった。もう、大騒ぎじゃ。そんなとき小栗が秘かに福井に向かって、酒井大老を後ろ盾にすれば安泰はまちがいなし、と昌親に吹き込んで仲間に取り込んだのよ」

「そうでございましたなあ。突然に、福井藩の江戸家老がやってきて、なにやら、おかしなみやげなどを持参して、えらくすり寄りはじめましたのも、あのころで……」

「そんなこともあったのう。だが、わしは、大老の酒井に、越前松平家領袖の越後高田、それに本家の越前福井と、三つ巴《どもえ》に手を組まれたときは、もはや風前の灯火かと肝《きも》を冷やしたものだが、いや、ようも、ここまで乗り切ってこられたものじゃ」

　遠い目になって、松田は言った。

だが幕府にも、表立ってではないが反酒井派もいた。

例えば老中の稲葉正則《いなばまさのり》、あるいは若年寄の堀田正俊《ほったまさとし》などがそうで、彼らの尽力により、権蔵はめでたく越前松平家の一員と認められ、家綱将軍の拝謁もかなって、松平備中守直堅を名乗る。

また、結局のところ越前福井の騒動は収まることなく、わずか二年で昌親は隠居して、兄である昌勝の嫡男の綱昌《つなまさ》を養子にとって家督を譲るという手段で、どうにか騒動をおさめた。

「とはいうても、そのとき綱昌は、まだ十六歳、今はもう十八歳になっておるが、あの狡猾な昌親のことだ。政《まつりごと》の実権はしっかり握って、院政を敷いておるようじゃ。わしの見るところ、また近い将来、なにごとか騒ぎが起こるような気がするのう」

「ははあ、さようでございますか」

思わず勘兵衛は感心した。

いや、この松田、勘兵衛にとっては、もう、とっくに終わった、と感じていた福井藩のその後のことまで、しっかりと情報を集めていたらしい。

そして、この松田の予言は、まさに的中するのだが、それはまた、のちの話である。

「ずいぶんと長い話になったが、まあ、こんなところかのう」

松田が言うのに、

「はあ、おかげさまで、ひと筋の流れが、すっきり腑に落ちてございます」

「うむ。あとは、一日も早く我が殿が隠居を決断されて、若殿に家督を譲られることじゃがなあ」

嘆ずるような声であった。

「なにしろ、もう、ご高齢でございますからなあ」

「そうそう。しかし、まあ、あのご気性ゆえになあ。これぱっかりは、どうにもならぬ」

半ば匙《さじ》を投げたような声で、松田は言う。

実のところ、近ごろは少しましになったが、若殿の直明というのはまことに不出来で、暗愚として江戸でも知られている。

そのこともあって小栗美作は、直明を廃嫡にしようと絵を描き、それに失敗すると、次には暗殺まで企てた。

これまた、からくも勘兵衛が防いだのであるが、そういった事実も、またそんな陰謀の存在も、我が大野藩にあっては、ほとんどの家中が知らない。

まさに秘中の秘であった。

松田や勘兵衛が、そうするのは、もし国家老なり江戸家老が、そのことを知れば、酒井大老の権勢をおそれ、御家の存続のためにも直明の廃嫡に動きかねないからであった。

もちろん、殿さまの直良も、まるでそんなことには気づいていない。

直良は気性が激しく、知れば憤然として立ち向かい、かえって騒ぎを大きくするところがあるから、まちがえても、かくかくしかじかだから、早く隠居をなされて、直明さまに家督を譲るようにと進言することもできない。

とにかく直良は、次つぎと烏滸《おこ》の沙汰をしでかす一人息子が心配で、とても家督を譲れないでいる。

なんとも、もどかしいかぎりであった。

ゴーン。

折も折、切り通しの鐘が正午を告げた。

「おう、ころ良い折じゃ。では、午餐としようかのう。きょうはの、いつものアゴ出《だ》汁《し》の湯桶飯《ゆとうめし》ではないぞ。それなりに趣向を凝らしておる」

「それは、楽しみでございますな」

アゴというのは飛び魚のことで、それも本トビの幼魚を焼いて天日干しにしたものから出汁を取る。

これがなかなかに濃厚な味で、白飯に近江《おうみ》漬けと下ろし山葵《わさび》を乗せて、湯桶から、たっぷりとアゴ出汁をかけて、刻んだ三つ葉を散らして茶漬けのように食べる。

［かりがね］の店では出していないが、これが、松田の大好物で、松田は勝手に〈湯桶飯〉と名づけているのであった。

4

やがて、女将のおこうが顔を覗かせ、

「そろそろ、よろしゅうございますか」

「おう。用意はできておるか」

「はい。では、さっそくにお運びいたしましょう」

おこうが再び奥へ引っ込んだあと、膳やらなにやらが運び込まれてきた。

相変わらず、大ぶりな湯桶は変わらない。

だが近江漬けや下ろし山葵はなく、なにやら得体の知れないものが鉢に盛られ、塩昆布と煎《い》り胡麻が小皿に盛られていた。

あと香の物は、古漬けらしい胡瓜《きゅうり》であった。

おこうが、大きめの茶碗に白飯をよそい、それぞれの膳に出した。

「まずな……」

松田が、大皿に盛られた得体の知れないものを、箸で適当に白飯の上に放り込んでいく。

「それは、いったい、なんでございましょうか」

「ふむ。こりゃあ、生姜の佃煮《つくだに》じゃよ」

「ははあ、生姜の佃煮ですか」

聞いたことがない。

「早い話が、生姜をみじん切りにしてな。醬油と酒と鰹節と砂糖で、焦がさぬように煮きったものじゃ。なにしろ、ほれ、今は生姜祭のさいちゅうじゃでな。これ、名づけて、〈生姜茶漬け〉という」

得々と説明しながら、それに塩昆布と煎り胡麻をかけながら、

「塩昆布は、塩加減を整えるためじゃから、自分の好みで適当にな」

言いながら、湯桶から出汁を注ぎ込んだ。

白濁した出汁であった。

「こりゃあ、カシワの骨を、半日ばかりも、ことこと煮込んで、手間暇がかかってお

る」

「ははあ、鶏ガラをですか」

そのような利用法もあるのか、と勘兵衛は感心した。

江戸留守居役という仕事柄、松田はうまいものをよく知っている。

なにしろ、江戸留守居役というのは、各藩の江戸留守居役と情報を交換して、勤め向きにまちがいがないよう組合を結成して、あちらこちらで宴を開くのもまた重要な職務であった。

「うむ。鰹節と酒を少し入れて煮込むのがコツじゃ。これがなかなかになあ。うむ。精がつくぞ。なあ、おこう」

「知りませぬ……」

そろそろ四十を超えたと思われるおこうは、手の甲で口元を隠して、娘のように恥じらって見せた。

「まあ、なにはともあれ、おまえも食してみろ。存外に身体《からだ》があったまるゆえ、園枝どのにも教えてやれ」

それには答えず、勘兵衛は見よう見まねに生姜の佃煮を飯に盛り、塩昆布を二きればかり乗せると、煎り胡麻をたっぷり入れてから湯桶の出汁を注ぎ込んだ。

その間にも、松田は、

「ふむ……、ふむ……」

うなり声を出しながら、生姜茶漬けをかき込んでいる。

（なるほど、生姜だ）

生姜の香りが立ち昇るのを覚えながら、かき込んだ。

（うむ。うまい！）

もう少し塩気がほしくて、塩昆布をもう一切れ追加して、煎り胡麻も増量して、またたく間に夢中で食った。

なにしろ味もよければ、香りがよい。

「お代わりを」

声をかけてくるおこうに、

「お願いいたします」

生姜の爽やかな香りを感じとりながら、二杯目をさらさらと食っていると、

「さすがに若い。それだけ食えれば元気な証拠だ。わしゃあ、もう満腹じゃがな」

満足そうな声で、松田は箸を置いた。

5

生姜茶漬けの午餐も終わり、おこうが消えると、

「それは、それとしてな」

松田が話題を変えてきた。

「はい」

答えながら勘兵衛が、わずかに汗ばんだ感じを覚えたのは、やはり生姜の効果であったろうか。

「ほれ、例の大和郡山《やまとこおりやま》の件じゃ。おまえ、この間、毒箸《どくばし》のことを話していたじゃろう」

「ああ、はい」

実は勘兵衛の弟の藤次郎《とうじろう》が仕官している大和郡山藩にあっては、ずいぶんと昔に、庶流が本家筋の所領を簒奪《さんだつ》してしまうという御家騒動が長く続いた。

その騒動がそうとうに長引いて、結果として、幕府が仲裁に乗り出した。

本来であれば、庶流の本多出雲守《ほんだいずものかみ》政利《まさとし》が、本家筋である本多中務大輔《なかつかさたいふ》政長《まさなが》に、

大和郡山藩元来の所領を返還するのが本筋であるはずが、これに酒井大老が、嘴《くちばし》を突っ込んできた。

下馬将軍とも称される酒井大老は、大の賄賂《わいろ》好きで――。

――人びとが、このように賄賂《まいない》を持ち寄るのは、上様のご威光の反映である。すなわち賄賂の多少がご威光の目安となる。

などと、公然と口にするほどであった。

実は本家を簒奪してしまった庶流の本多政利は、亡父の時代から、せっせと酒井大老に鼻薬を嗅がせていたのであった。

それで結果として、所領十五万石を九万石と六万石に分割して、三万石を持つ本流の本多政長に九万石を加えた十二万石の本藩とし、庶流の本多政利は六万石の支藩とする、ということで決着をみた。

この裁定に、本家の政長は、なかなか首を縦には振らなかったが、周囲からの進言もあって、悔しいながらも了承した。

ところが一方の政利は、そのことを逆恨みして、本藩の政長の命を狙い続けている。ために暗殺団まで結成し、機会をとらえては暗殺を画すること、すでに五年……いやはや、なんともしつこい男であった。

暗殺に用いるつもりの唐渡《からわた》りの猛毒の芫青《げんせい》を、先にも述べた酒井党の長崎奉行、岡野貞明を通じて入手しているから、それにもやはり、酒井大老が絡んでいるのだ。

その大和郡山藩支藩の暗殺団が、このところ、不思議な動きを見せていた。

若狭《わかさ》の小浜《おばま》へと移動したのである。

そして若狭塗の職人と行動を共にしているらしい。

これは、どういうことであろうかと考えをめぐらせた勘兵衛は、ひとつの仮説を立てた。

小浜の特産品である若狭塗の箸は、貝殻や卵殻などを象嵌《ぞうがん》した、絢爛《けんらん》華麗な箸である。

もしその象嵌物のひとつに、芫青の猛毒を仕込むことができれば、おそろしい毒の箸ができあがるのではないか。

もちろん大和郡山の本藩では、万全の対策をもって、おさおさ注意を怠りはしない。

それでもなお、毒味役が、これまで何人も命を落としている。

元もと、大和郡山を九万石と六万石とに分割するにあたっては、以前からの藩士を分けあったという経緯があって、誰が真の味方で、敵方がどれほど存在するかさえ、本藩内部においても判然としないところがある。

そんななか、いかに万全を期そうとも、まことに危うい状況が続いている、と言わざるを得ない。

そこにもし、毒が仕込まれた箸などという意表を突いたからくりを仕掛けられたら、背筋が凍るほどの危うさを覚えようというものだ。

「で、さっそくにな。その話をみやげに外桜田の御門外まで出かけてきたのじゃがな」

「ははあ……」

思わず勘兵衛は苦笑して、

「美濃守《みののかみ》さまのところで、ございますな」

老中の稲葉美濃守正則の屋敷は、桜田御門外にある。

先般、出雲守の暗殺団が小浜で若狭塗の箸職人と寝食を共にしていると聞き及び、あるいは毒箸？　と考えた勘兵衛は、さっそくその推量を松田にも伝えたのであるが――。

そのとき松田は、

――それにしても、おそろしい話ではあるが、なかなかに、おもしろい話のネタではあるなあ……。

と、なにやら遠くを見つめるような目つきになったものだ。

（さては……）

そのとき勘兵衛は、ふと、松田が、その話をみやげにして、稲葉老中のところへ出かけるのではないか、と想像したものであったが、どうやらどんぴしゃりであったようだ。

なにしろ、幕府要人たちの間でも、我が越前大野藩と、権勢並びなき酒井大老との確執が取り沙汰されるほどであるから、江戸留守居役としての松田にすれば、どのようなきっかけでもつかんで、稲葉老中のところへ押しかけ、幕閣内部の最新情報を聞き出したいのであった。

「…………」

勘兵衛は、次の松田のことばを待った。

「これには、美濃守さまも、まことに興味を示されてなあ。そういえば、その芫青とかいう唐渡りの猛毒は、長崎奉行の岡野が裏から手をまわして、すでに本多出雲守の手に渡ったようだ、ということであったな、というふうに、しばし昔話が弾んでな」

あのとき、長崎に抜け荷で入る芫青を受け取りに向かったのが、大和郡山藩支藩で御奏者役を務めていた原田《はらだ》という男であった。

その情報を事前につかんだ、勘兵衛の弟たちは、それを阻止せんものと長崎の地に飛び、また黒鍬者で増上寺掃除番の菊池兵衛も、大目付の指示で長崎へ向かっている。結果、阻止はかなわなかったが、芫青の猛毒が、まちがいなく本多出雲守の手に渡ったというところまでは、はっきりとした証拠をつかんでいる。

また、長崎奉行の岡野が年番を終えて江戸に戻る際に、その芫青とともに阿片《あへん》なるものを、この江戸に持ち込んだであろうとも類推されていた。

だが、そこには確たる証拠もなく、岡野は酒井大老の庇護のもと、罪に問われることもなく、いまだ長崎奉行の職にある。

だが菊池兵衛の活躍で、抜け荷の事実は白日《はくじつ》の下《もと》に露見して、抜け荷を実行した長崎代官であった末次平蔵《すえつぐへいぞう》父子が、隠岐《おき》に配流《はいる》となっている。

「美濃守さまが、さて、その芫青とかいう猛毒に、阿片なる代物《しろもの》は、結局のところ、誰だれの手に渡ったのであろうな、と蒸し返されたでな。もちろん、わしゃあ、こう答えた。その件につきましては、以前にもご報告をいたしましたとおり、一人、本多出雲守政利のみならず、大老の酒井さま、そして先代の福井藩主であった松平昌親さま、それに越後高田の家老、小栗美作にも、渡ったものと思われますとな」

「たぶん、それにまちがいはございませんが……。当の、大和郡山藩本藩のほうにも、

「芫青の一部は渡っております」

　勘兵衛は、そう追加した。

　実は長崎で原田が入手した芫青は、大坂において、その一部がある男の手に渡っている。

　これは、芫青の毒を江戸と大和郡山のいずれにも置こうという意図であったのだが、大和郡山へと戻っていく暗殺団の男は、帰途の途次を、本藩の目付衆らが暗殺して、芫青の毒と、なにやらの書付《かきつけ》を奪っていた。

　松田がうなずきながら言う。

「ふむ。じゃが、あえて、そのことは稲葉さまには話しはしなかった」

「そうですなあ」

　本藩目付が奪った書付の中身までは知らないけれど、おそらくは、万一のことが起こったときの重大な証拠になるのではないか、と勘兵衛は想像している。

（それにしても……）

　あの猛毒が、あちらの手にも、こちらの手にもある、というのは、なんとも不気味なことではないか、と勘兵衛は思う。

　ずっと昔、大和郡山藩本藩の藩主となる以前にも本多政長は、自分の身に暗殺の手が迫りくるのを覚って、近習とともに摂津有馬《せっつありま》の地に逃れたことがある。

結局のところ、その有馬の温泉街にも刺客が現われたのだが、この危機をからくも脱したのち、いつまでも逃げまわるわけにもいかぬと覚悟を決めて、大和郡山へ戻ることを決意した。

するとさっそくに、政長帰城の祝いの宴が催された。

だが、政長は用心し、出された食べ物にいっさい箸をつけずに難を逃れたが、実弟の政信《まさのぶ》のほうは、うっかり箸をつけ、またたく間に頓死《ひんし》した。

その症状からみて、芫青による毒殺であったろうといわれている。

その政信の暗殺が寛文《かんぶん》二年（一六六二）のことであるから、もう十六年以上も前から本多出雲守政利は、政長の命を狙い続けていることになる。

（いやはや……）

なんとも、いつ尽きるともしれない血腥《なまぐさ》い話ではないか……。

思わず、勘兵衛は、溜め息を漏らしたい心地であった。

6

松田の話は、まだ続く。

「そうそう。それから直堅のことじゃ」

「あ、はい」

福井藩、四代目藩主の隠し子であった権蔵は、松田や勘兵衛の尽力によって越前松平家の一員として認知された。

そして将軍家綱の拝謁も得て、新たに松平備中守直堅、と官位まで与えられたが、その実、屋敷も拝領できずに、わずかに五百俵という捨て扶持《ぶち》を与えられたにすぎなかった。

これでは権蔵を担ごうと、福井から脱藩までしてきた家臣たちを養うことすらできず、とりあえずのところは大野藩が資金を貸すかたちで、西久保神谷町《かみやちょう》にあった元は商家の屋敷を借り家して、どうにか恰好を取り繕っている。

そして家臣一同が内職に励み、貧しいながらも苦労をした甲斐があって、捨て扶持五百俵が、一気に十倍の五千俵の合力米《ごうりきまい》に変わった。

これでようやく、大身旗本なみの待遇に変わったわけだ。

さらに、先日には、もっと嬉しい吉左右《きっそう》にも接している。

それは若年寄の堀田正俊からもたらされたものであったらしいが、この冬のうちにも、直堅には一万石の知行と、拝領屋敷が与えられるであろうとの知らせであった。

つまりは、ついに大名として認められるということだ。

だが、松田は、少しばかり肩を落とし、ぼそぼそとした声で言った。

「稲葉老中の話では、内内では、およそそのように決まっていたのは事実だが、そこに大老から、待った、がかかったというのじゃ」

「え……！」

「うむ。まずは、知行を与えるには、まだ早すぎようから、一万俵はよいとして、合力米のままでよいではないか、とのことでなあ」

「ははあ……」

一万石の知行地と、一万俵の合力米には雲泥の差があった。

知行地ならば、一藩を起こすことになるが、合力米には施しの意味合いが強い。

「要は、大名並には扱うが、領地を持たせはしない、ということですね」

「うむ……」

松田が重苦しい様子でうなずいた。

もちろん、その裏側の事情なら、勘兵衛にも手に取るようにわかる。

なにしろ直堅は、これまでの経緯から越後高田の松平光長に憎まれている。

一方で大老の酒井は、その光長や、筆頭家老の小栗美作から大枚の賄賂を受け取っている同じ穴の狢《むじな》であった。

それで、そのような横槍が入ったのであろう。

「そればかりではない」

むしろ淡々とした口調で、松田が続ける。

「御屋敷の拝領も、今はまだ適当な空きがない、ということで、適当な屋敷が見つかるまでは、ということで、お流れになったらしい」

「いやあ、それは……」

その話を勘兵衛は、松平直堅のところで用人役を務めている比企藤四郎《ひきとうしろう》から聞いた。

まことに嬉しそうであったから、さぞがっかりしているのではなかろうか。

「じゃが、ものは考えようよ。なにしろ直堅のところは、まだ寄合所帯のようなものだ。そんなところが領地など持てば、思わぬ手痛い落とし穴もあろう。まずは一万俵の大名格で、おいおいに家格に馴れて経験を積んでいくほうが無難であるかもしれぬよ。それに一万石の知行地を持つより、一万俵の蔵米取りのほうが、かえってわりがよいこともあるからのう」

仮に一万石の知行地を持つのと、一万俵の蔵米取りを比較してみれば、知行地ならば四公六民などという税額によって多少は実入りが変わりこそすれ、実質的には、ほぼ同等と考えてよい。

ただ知行地があれば、米以外の特産品の収入が加算されたり、新田開発などの努力で、実質的な収入の増加も見込まれる。

しかし、干魃《かんばつ》などで不作の年もあったり、農民の一揆《いっき》などという危険も考えておかねばならない。

だから、松田の言い分にも、それなりの説得力があった。

「ところで、そのこと、直堅さまや比企どのは、もう知っておるのでしょうか」

「いや。まだであろうな。おそらく、ぎりぎりまでは知らされまいよ。堀田さまにしたって、うっかり喜ばせてしまったあとの祭りで、今さらという気持ちがあろうから、敢えて、かくかくにあいなった、と、わざわざ知らせもすまいよ」

「となれば、やはり早めに、それとなく耳に入れておいてやったほうが、よくはございませぬか。すっかりその気になって、あれこれ立藩の体制作りなどをはじめておれば、それこそ無駄骨というものでございますれば……」

「ふむ。そうよのう。つらい役目ではあろうが、おまえから、それとなく知らせてやってはどうかと、わしも考えて、この話をおまえに聞かせたのじゃよ」

「そうでございましたか。いや、ありがとうございます。では、機会を見て、比企どのに会ってまいりましょう」

「ふむ。そうしてやれ。ところでのう」

「は」

なぜか、松田の目元が笑っている。

「まあ、直堅や比企にとっては残念至極ではあろうがの。合力米にせよ一万俵は、まさに大名並に扱われる、ということに変わりはない。そのあたりを、よくよく含ませてやることじゃ」

「はい。そのようにいたしましょう」

「ところで、今、直堅のところは、どれほどの陣容を抱えておるのかのう」

「ははあ、家士は五十名ばかり、あと御女中や、雇いの駕籠舁き、中間《ちゅうげん》なども含めると七十名足らずといったところでしょうか」

「そうか。いやな……。一万石の大名並ともなれば、まあ、最低でも二百人ばかりの家士を持たぬと、体面は保てぬ。さすれば、家臣のそのまた家来、いわゆる陪臣《またもの》も入れて、ようやく三百から四百ばかりの軍事力となる。人選のこともあろうから、こりゃ、なかなかになまなかなことではないぞ。とまあ、これはわしからの老婆心からだ、と比企どのに伝えておいてくれぬか」

「承知いたしました」

なるほど、そういうものなのか、と勘兵衛は改めて勉強をした気分になった。

「それでじゃのう」

「なんでございましょう」

「ほれ、おまえが大野より連れてきた、あの縣《あがたこ》小太郎《たろう》のことじゃよ」

「はい」

「なんじゃや。えらく気のない返事じゃやなあ」

「は……？　え……。もしや、あの小太郎を直堅さまのところへ？」

「ふむ。いかぬかのう」

「いえ、そういうわけではございませんが……」

実のところ、そんなことを、まるで考えすらしていなかった勘兵衛だから、目を白黒させる思いであった。

縣小太郎の父、縣茂右衛門《もえもん》は、元は三百石取りの越前大野藩の名家で、御供番番頭《おともばんばんがしら》まで務めた男であったが、酒の上の失敗やら、なにやらの不祥事で御役御免のうえ、ついに七十五石にまで家禄を落とされた。

それで自暴自棄になって、酒ばかりを食らって働きもせず、ゆえに赤貧洗うがごとし、嫡男の小太郎が十七歳になっても、もはや元服をさせる力も残っていない、という体《てい》たらくであった。

そんなところに甘い罠を仕掛けられ、自分でも気づかぬままに茂右衛門は、藩主直良の病気見舞いのためにお国入りをした若君の直明を狙う、越後高田藩が放った暗殺団の片棒を担がされてしまっていた。

そんな状況をつかんだ勘兵衛は、目付を務める父の孫兵衛《まごべえ》ともども茂右衛門に意見をし、小太郎は孫兵衛が鎧親《よろいおや》となって、無事に元服を終えさせたのである。

そして無事に小太郎の元服がなったのち、茂右衛門は腹を切って、自ら犯した罪と恥を雪《すす》いだのであった。

そんな茂右衛門の事件の真相は、闇から闇に葬られたのであるが、罪は罪、元服をしたばかりの小太郎は、縣家の家督を継いだのち、すみやかに藩庁に致仕《ちし》を申し出た。

実は、それ以前に茂右衛門の係累は、前もって秘かに国を出て江戸にあった。

それで勘兵衛は、江戸に戻るにあたって小太郎を同行し、どうにか小太郎と、その係累の塒《ねぐら》を定めてやってから、まだふた月とは経っていない。

江戸に出た小太郎に、勘兵衛は、今後はどうするつもりか、と覚悟のほどを求めたところ、たとえ浪人となろうとも、武家であり続けたいとの固い決意を聞いていた。

だから、いずれは、どこかに仕官をさせたいものだし、その協力もしよう、と漠然と考えていたものだが……。

松田が続ける。

「片やは、まもなく大名並になって家臣が必要となる。片や小太郎は、浪人してでも武士として生きたいと望んでおるのじゃろう。ほれ、なんともよい機会ではないか」

勘兵衛は、思わず畳に両手をついた。

(俺は、まだまだだ……)

まさに松田は融通無碍《ゆうずうむげ》、あれやこれやを同時に省思《せいし》するという、特殊な能力を備えているようだ。

「いや。思いもつかぬことでございました。一応は小太郎の意志を確かめましたうえで、比企どのにも願ってまいりましょう」

目から鱗が落ちるように——。

（俺もまた、いつまでも無茶勘などと呼ばれていては駄目だ。一歩でも、この松田さまの能力に近づいていかねばならぬ）

そんなことを、胸の奥深くに落とし込みながら――。

（そうか）

つい先ほどに、松田の目元が笑った意味を、ようやく勘兵衛は知り得たのであった。

「ところで、松田さま」

「なんじゃ」

「先日お聞きしたところでは、近ごろ若年寄の堀田さまが、秘かに館林宰相《たてばやしさいしょう》さまのところへ、しばしば出入りしているような話でございましたな」

「うん、うん。たしかにそう言うた」

実は、現在の将軍である徳川家綱は、まだ三十七歳なのであるが、生来が病弱で、いまだに一人の子も生《な》さない。

というより、男性としての機能が、はたして正常であるのか、どうか、などとも囁かれている。

おまけに年に何度かは病に倒れ、いつぽっくり歿《ぼっ》するともしれない、という危惧があった。

その家綱には、腹違いの弟が二人いて、歳上のほうが甲府宰相とも呼ばれる松平綱《つな》重《しげ》で、いま一人が館林宰相と呼ばれる松平綱吉《つなよし》であった。

世子のないままに家綱将軍が死去するようなことでもあらば……。

老中の稲葉正則は、そのことが心懸かりで、これまでに何度か、甲府宰相を次期将軍と定めて家綱の養子にする案を、幕閣での議題にあげている。

ところが、そのたびに酒井大老から——。

——まだまだ上様は若い。そのようなことは時期尚早じゃ。

との反対意見が出て、話は前に進まずにいた。

そんななか、若年寄の堀田正俊が、館林宰相に急接近をしはじめたと聞いた。

つまりは、老中の稲葉が甲府宰相を担ぎ、若年寄の堀田が、その向こうを張って館林宰相を、という図式である。

勘兵衛が思うに、松田が稲葉老中の元を訪れたならば、必ずや、その話も出したはずで、それに対して稲葉老中は、どのような反応を示したであろうか。

実は、勘兵衛、そのあたりを知りたかったのであるが——。

「いやあ……」

松田は照れたような声をあげて、自分の額を叩き、

「いやいや、わしとしたことが、一期《いちご》の不覚と言おうか、不手際と言おうか、いや我ながら穴でもあれば入りたい気分じゃよ」

「そりゃ、また、いかがなことでございましょうか」

「ふむ。有り体《あてい》に言えばな。稲葉さまは、こう言われた。なに、次期の将軍が甲府さまでも館林さまでも、どちらでもよいことじゃ。まあ、婿どのには婿どのの考えがあってのことだろうから、わしがどうこう言うこともない、とな」

「え、婿とおっしゃいましたか」

　思わず勘兵衛も驚いた。

「そうよ。これには、わしも泡を食った。これまで、そんなことも知らなんだとはなあ。実はのう、稲葉さまのご長女が、堀田正俊さまのご正室だったのじゃよ」

「ははあ……」

　智者に千慮《せんりよ》の一失あり、とは、まさにこのようなことを指すのだな、と思う反面で勘兵衛は、御耳役として、そんな重大事を見逃してきた自分にも、無性に腹を立てていた。

「まあ、まことに恥ずかしきかぎりじゃが、実は、おまえに、ちょいとばかり無理な願いがあってのう」

思えば、ずいぶんと長い話の果てに、松田が話しだしたのは、これまた、意表を突くような難題であったのだ。

江風山月楼《こうふうさんげつろう》

1

三日ののち――。

その日、九月の二十日は待乳山《まつちやま》の聖天社《しょうてんしゃ》をはじめ、江戸のあちこちにある聖天さまの祭礼日であった。

また、その日は、仏滅に三隣亡《さんりんぼう》が重なるという、あまりよい日柄ではなかったが、松田から頼まれた用を果たすべく、勘兵衛は午後になってから重い腰を上げた。

その間には、若党の新高八次郎の風邪も平癒している。

羽織袴に菅笠をつけて、供の八次郎にも、同じように菅笠の着用を命じている。

向かうは築地《つきじ》、稲葉美濃守正則の別邸であった。

「ずいぶんと肌寒くなってまいりましたなあ」

八次郎が言うのに、

「む」

勘兵衛は、つい気のない返事を返した。

「…………」

いつもはおしゃべりな八次郎だが、さすがに勘兵衛の変化には敏感で、しばし黙黙と従って歩いていたが、汐留橋《しおどめばし》を渡り、雑踏する木挽町《こびきちょう》の通りは避けて、裏通りのほうに向かったあたりで、

「おや」

八次郎が小さくつぶやいて、足を止めた。

「なんだ。どうした」

思わず勘兵衛が尋ねると、

「こんなところに、ほら、猫じゃ、、、らしですよ」

「ふむ？」

八次郎が指さすのは、ちょうど豊前中津《ぶぜんなかつ》の奥平《おくだいら》家江戸屋敷が目前の堀端で、河岸《かし》横のちょっとした空き地に野草が群生していた。

川風を受けて、柔らかに右に左にとなびく花穂《かすい》が、一面に広がっているさまは、まさに一幅の画にも劣らない風情《ふぜい》があった。

（…………）

思わず勘兵衛も、懐かしさから目を吸い寄せられている。

まだ子供のころ、故郷で勘兵衛たちは、その花穂を引き抜いては穂を縦に割き、鼻の下の髭になぞらえて、よく遊んだものだ。

そういえば、江戸にきて、こうしてひっそりとある野の花のことなどには、ついぞ気づかずにきた。

（しかし……）

「これを、江戸では猫じゃらしというのか」

尋ねた勘兵衛に、

「え、それ以外に名があるのですか」

「おう、俺の国ではエノコロ草《ぐさ》と呼んだがな」

「ははあ、エノコロ草ですか」

八次郎が首をひねったところを見ると、江戸では猫じゃらしと呼ぶのが普通のことであるらしい。

漢字だと狗尾草《えのころぐさ》と書く。狗は子犬の意味で、古語でエノコという。つまりは、花穂のかたちが、その犬の子の尾に似ているところから、その名になったと故郷の家塾で教えられた記憶がある。

おかげで勘兵衛は、少しばかり、気持ちが晴れた。

「よいな。急ぐでもなく、伏し目がちに過ぎるのだぞ」

「承知してございます」

堀を離れて、木挽町裏通りを北東に向かいながら、勘兵衛が注意を喚起したのはほかでもない。

豊前中津の江戸屋敷に隣接するのが、越後高田の江戸下屋敷であったからだ。

勘兵衛にとって敵と目《もく》する小栗美作の弟の一学は、この下屋敷の用人で、過去には勘兵衛と対決をしたことさえある。

それで万々一のことも考え、わざわざ二人して、面体を隠すための菅笠まで着用してきたのだ。

その下屋敷を無事に通過したのちも、武家屋敷が続き、やがて突き当たりの三叉路に出たところで右に曲がる。

左手に続く海鼠壁《なまこかべ》は伊予《いよ》今治《いまばり》の松平駿河守《するがのかみ》の江戸屋敷で、築地川《つきじがわ》を渡る二之橋が先に見えた。

遠慮がちに八次郎が尋ねてきた。

「なにやら、気の重い御用向きなのでしょうか」

「まあな」

そういえば、まだ八次郎にはなんの説明もしていなかったな、と勘兵衛は思い直し、

「おまえ、松田さま手元役の平川武太夫《ひらかわぶだゆう》を知っておるか」

「知っておるも、なにも……」

と、八次郎は笑いをこらえたような声になった。

「あれは二年前、ほれ国許からやってきた永井《ながい》という家士が、本庄は榛木《はんのき》馬場筋で斬殺されたとき、御竹蔵の奉行小屋で青ざめて、がたがた震えていた御仁《ごじん》ではありませぬか」

「おう、そうだ。そうであったな」

思わず勘兵衛に、苦いものが甦ってきたのはほかでもない。

その永井を斬ったのが、勘兵衛にとっては不倶戴天《ふぐたいてん》の仇敵《きゆうてき》ともいえる、山路亥之助《やまじいのすけ》であったからだ。

だが、あの事件で「瓜《うり》の仁助《にすけ》」という得がたい知己《ちき》も得たのであるから、これまさ

に、人間万事塞翁《さいおう》が馬《うま》という口であろうか。

「実は、あの平川武太夫どのの縁談がまとまってな」

「おや、あの平川さまに……」

「松田さまのお世話じゃや。なんでも稲葉さま御用人の口利きで、稲葉家小納戸役《こなんどやく》を務められる山口彦右衛門《やまぐちひこえもん》どのの娘御で里美《さとみ》どの、というのがそのお相手だということだ」

「ならば、めでたい話ではございませんか」

「うむ。予定では、この年末にも華燭《かしょく》の典を挙げるというような話で、仲人役は、おまえの父君ということになったそうだ」

「おや、父がですか」

八次郎の父の新高陣八は、松田の用人であった。

「婚礼までは、あと三ヶ月ばかり、それで陣八さまは、結納の日取りやら、そういったこまごましたことの打ち合わせに、つい先日に、山口どのを訪ねたのだが、どうも様子がおかしいというのだ」

「どう、おかしいのでしょうか」

と話しているうちにも、もう二之橋で、これを渡ると、築地本願寺《ほんがんじ》のある木挽町築地に入る。

稲葉家小納戸役の山口彦右衛門は、別邸勤めであった。

「それがな。肝心の山口どのが何のかんのと……、というより、のらりくらりと、なにやら奥歯にものの挟まったようなことばかりを話されるそうで、具体的な話が、まるで前に進まぬというのだ」

「ははあ……」

「それで松田さまは、なにやらの異変を感じられたか、この俺にそのあたりを探ってくれぬかとのことでなあ」

だが、勘兵衛にとっては、老練の新高陣八でさえ手を焼いているような、ましてや婚姻がどうのこうの、といったことには、まるで疎い。

どうにも気が重いのは、そういった理由だった。

八次郎が言う。

「ところで平川さまの、お相手……里美さまでございましたか。そのお方はどのような……?」

「うむ。それがな」

折れ曲がった築地川に沿って築地本願寺のほうに進む勘兵衛だが、もう目前には三之橋というのがあって、これを渡らぬと稲葉家別邸には行けない。

それも三之橋を渡ると、もう稲葉家別邸は指呼《しこ》の距離なので、勘兵衛は橋上に立ち止まって、八次郎との話を続けることにした。

「早い話が里美どのは再婚だ。前の亭主どのとは死別なされてな。年は二十三歳、なかなかの美形であるそうな」

「ははあ……」

八次郎は、手のひらをぽんと打った。

「そりゃあ、あれでしょう。平川さまというのは、あのとおり、四角四面が羽織を着ているようなお方ではございますが、なにしろ、あのとおり……」

さすがに八次郎は、それ以上は言わなかったが、平川は、まるで平べったい蟹を思わせるような容貌で、あけすけに言うなら、醜男《ぶおとこ》という口だ。

「で、平川どのと、その里美さまは、一度くらいはお顔を合わせられたことは、ございますんで……」

と、八次郎が聞いてきた。

「うむ。見合いのような席はあったと聞いておる」

海に向かって、まっすぐに流れる築地川には大小の荷足舟《にたりぶね》が行き来して、さらにその向こうに晴れやかに広がっている青い海原を見つめながら、勘兵衛は答えた。

「ということは、一度は承知したものの、やはり、あのような男の元に嫁ぐのはいやじゃ、と里美さまが駄々をこねはじめたからではありませんかなあ」

八次郎が言うようなことは、実は、勘兵衛もすでに考えていた。

だが、この縁談の起こりには、稲葉家用人である矢木策右衛門《やぎさくえもん》が絡んでいる。

大藩ならいざ知らず、用人といえば家老に次ぐ重臣にも等しい。一介の小納戸役にすれば、今さら白紙に戻してくれ、とは言いがたい雲の上の上役だ。

ましてや、一度は受けた縁談を反古《ほご》にするなど、武士とてはあるまじき行為で、約《やく》定《じょう》を違《たが》えるのに匹敵する。

そういったことが元で、刃傷沙汰さえ珍しくはない時代であった。

松田も［かりがね］で、こう言った。

――里美どのも武家の娘、先《せん》に嫁いだ先もまた武家の家じゃ。武家の作法は、しっかり心得ているはずじゃ。それゆえになあ、わしには、なにか言うに言えない事情が絡んでおるのではないかと思えてのう。そこで、そのあたりを、ちょいとおまえに調べてもらいたいのじゃ。

つまりは松田もまた、勘兵衛が考え、今また八次郎が考えたようなことも思い描いたうえで、なにやらの異変を想定したのかもしれない。

だが、ちょいと調べる、というには、あまりに難問ではないか、と正直なところ、勘兵衛は思っている。

だが、まあ、愚痴ってみてもはじまらない。

むしろ元気な声で、勘兵衛は言った。

「ま、いずれにせよ。きょうは、とりあえず山口彦右衛門どのに会うてみようと思うのだ。さ、いこうか」

「はい」

二人、再び三之橋を渡りはじめた。

2

三之橋を渡り終えた右の川べりには、十余邸の旗本屋敷が軒を接していて、その先には尾張中納言《おわりちゆうなごん》さまの広大な蔵屋敷がある。

勘兵衛たちが訪れようとする、稲葉家別邸は、それに引けをとらない広大さで、尾張さまの西側に隣接している。

三之橋袂から、海の方向に築地川に沿って南に下ると、いやでも稲葉家別邸の海鼠《なまこ》壁《かべ》に行きあたり、そこには稲葉家の辻番所があった。

その辻番所のところを右に曲がれば、稲葉家別邸への御門にいたるのだが……。

（おや……）

辻番所と別邸御門の間、右側に建ち並ぶ旗本屋敷の目立たぬ一画に、二人の男が腰を下ろしているのに、勘兵衛は気づいた。

ちら、と見やっただけであったが、風体《ふうてい》からして、中間《ちゅうげん》とも武家奉公人とも思われず、また商人のようでもない。

やや不審には感じたが、そのまま男どものところを通り過ぎてから菅笠をはずし、稲葉家の門番に声をかけた。

「拙者、落合勘兵衛と申す者、所用あって、小納戸役の山口彦右衛門どのをお訪ねした。お取次をお願いいたしたい」

するとと、二人いた門番の一人がもう一人に、

「はて、山口さまなあ。おまえ知っておるか」

「ああ、それなら山月楼方《さんげつろうかた》の山口さまであろう。参の御長屋にお住まいじゃ。よし、では、わしが取り次いでまいろう」

言って、門内に入っていった。

待たされる間、勘兵衛は、一人残った門番に、

「この少し先に、ここいらには似つかわしくなさそうな男が二人、道端にしゃがんでおったが、お気づきか」

すると、残った門番が、

「ああ、そういえば、そんなのをよく見かけますなあ。おそらく、あのあたりの中間部屋で、昼間っぱらからいたずらでもしておって、その見張りでしょうよ」

「なるほど」

旗本や御家人屋敷の中間部屋が博奕場《ばくちば》になっている、というのはよく聞く話だが、このあたりにも、そんな不逞の屋敷があるのか、と勘兵衛は思った。

そうこうするうちにも、先ほどの門番が、一人の若者を連れてきた。

二十歳になるか、ならぬかの年ごろの若者で、こう述べた。

「拙者は山口彦右衛門の一子、彦太郎《ひこたろう》でござるが、あいにく父は役務《えきむ》にて他出中で……。して、落合さまといわれましたか、父にどのようなご用の向きでございましょうか」

「さようか。では、ちょいとこちらへ」

勘兵衛は彦太郎を門番から少し引き離し、小声で言った。

「いや、前触れもなく参上して、こちらこそ失礼をいたした。ほかでもござらぬ。そなたさまの姉上、里美さまの縁談についてでござるよ」

「あ……」

彦太郎の目が少し泳いで、

「いや。それはわざわざ、ご苦労なことです。しかしながら、先ほども申しましたとおりに、申し訳ないことですが、父は不在にて……」

「それは残念、致し方ございませんな。では、きょうのところは、せめて、御母堂さま……たしか、里枝《さとえ》さまでございましたな。そちらさまにだけでも、ご挨拶をして、引き上げることにいたしましょう」

半ば強引に勘兵衛は出た。

松田から、山口彦右衛門一家については、夫婦に一人息子と、出戻りの娘の四人家族であると、おおかたのところは聞いていた。

「ははあ、我が母に挨拶をと言われますか」

彦右衛門の嫡男、彦太郎は、しばし迷った様子であったが、

「では、ご案内をつかまつる。どうぞこちらへ」

勘兵衛主従の先に立ち、門内に入ると左に曲がっていこうとする彦太郎に勘兵衛は、

「ところで、先ほどご門番が、お父上のことを〈山月楼方〉と呼ばれておられたが、差し支えなくば、どのようなお役目か、お教えいただけませぬか」

「ああ、そのことでござるか」

足を止めるでもなく、彦太郎は答えた。

「実は我が殿が、この地をご拝領賜わったのは、かれこれ十五年ほどの昔のことで、そのころこのあたりは、まだ浅瀬の海でござってな」

「なるほど」

その浅瀬の海を埋め立ててできたのが、築地の土地であった。

「で、殿におかれましては海を埋め、土を積み石を畳んで、ここに見事な庭園をお作りあそばしたのです。そして完成した庭園に〈江風《こうふう》山月楼〉と名づけられたのです」

「ははあ、なるほど」

「で、父のお役目は、その庭園の維持管理ですので、皆さまからは〈山月楼方〉と呼ばれておりますんで」

小納戸役というのは、膳番《ぜんばん》とか馬方とか庭方などの、こまごました雑務を担当する。つまりは庭方が、その職務であるらしい。

「なるほど、さようでございましたか。あれは二年前の小望月《こもちづき》のとき、待宵《まちよい》の宴《うたげ》に招かれて、一度だけ拝見したことがございますが、まことに見事な庭園でございましたなあ」

「え……！」

にわかに彦太郎は緊張した声になって、

「あの庭を御覧になったのでございますか」

「はい。湖とも見まがう大池が二つ、その一方には小舟が浮かび、もう一方には浮島が二つ浮かんでおりましたなあ。なんでも小舟の浮かぶほうからは、築地川に出る水路が引かれ、そのまま海に出入りできると伺いました」

「は、ははあ」

やにわに彦太郎は立ち止まり、驚いたような表情になって、しげしげと勘兵衛を眺め直すと、次には深く腰を折って一礼をすると、

「待宵の宴に招かれたとおっしゃいましたが、もしや、我が殿にご招誘《しょうゆう》なされたのでございましょうか」

とたんに、ことばつきまで変わっている。

もちろん勘兵衛は、そのことを自慢で言ったわけではなく、ここは、ひとつ、圧力

をかけておくのが得策だと踏んでのことであった。

勘兵衛は答えている。

「いかにも、そのとおりでございましたが、美濃守さまにおかれては、あいにくご多忙で都合がつかず、代わりに池の畔の四阿《あずまや》で、田辺《たなべ》さまと暫時談笑をいたした次第です」

「あ、田辺さまというと、もしや御家老の……」

「はい。田辺信堅《のぶかた》さまでござるよ」

小田原藩家老で、江戸留守居役を務める人物であった。

「ははあ」

もう一度、彦太郎は深く頭を下げたが、顔色がやや青ざめている。

(やはり、なにか、ありそうな……)

ややあって、彦太郎は、ようやく我に返ったように、

「あ、足を止めさせて申し訳ございません。さ、さ、こちらでございます」

やや、蹌踉《そうろう》とした足どりになって、案内に立った。

彦太郎にすれば、勘兵衛の身分について、もっと知りたいのであろうが、その勇気もなさそうであった。

「こちらでございます」

彦太郎が案内した御長屋は、方角からして築地川沿いと思われた。

大名屋敷の御長屋というのは、屋敷壁の内側に沿って建ち並ぶ二階建てが多く、一階が海鼠壁の裏、二階部分は漆喰《しっくい》壁の裏側にある。

一年間を江戸詰する勤番《きんばん》侍が住むのは、勤番長屋という単身赴任者用で、だいたいが庶民の住む裏長屋と変わらないほどの窮屈さだ。

だが、ずっと江戸に住む定府《じょうふ》侍（定住者）の場合は、妻帯ののちは、家族で住めるほどの広さを持つ御長屋が与えられたり、邸内に小さな屋敷を許されたりもする。

門番の言った参番長屋というのが、そういった家族持ちの定府侍用の御長屋らしく、間口も三間（約五・四メートル）ばかりあって、通常の勤番長屋に比べれば、はるかに大きい。

腰高障子を開いた彦太郎は、土間に下駄を脱ぐと先に框《かまち》を上がり、

「どうぞお上がりください」

手で勘兵衛たちをうながした。

「では、失礼をして」

框に上がりながら、さりげなく土間を観察すると、いま彦太郎が脱いだ下駄以外に

は、女物の塗り下駄がひとつきりで、ほかに履物は見当たらない。

3

客間らしい八畳の間に通されて、勘兵衛主従たちは、しばし待たされた。

その間には、彦太郎が母に、いろいろ耳打ちをしてでもいるのであろう。

やがて廊下を摺り足でくる足音が聞こえ、

「お待たせをいたしまして、まことに申し訳ございませぬ」

四十半ばと思える婦人が入ってきて、深ぶかと頭を下げた。

「このようなむさいところに、わざわざお越しくださいまして、まことに恐縮でございます。あいにく主人は他出中でございますが、わたしが里美の母で、里枝でございます」

　との挨拶を受け、

「いや。手みやげも携えず、突然に来訪をいたしまして、こちらこそ恐縮です。拙者は越前大野藩の、江戸留守居役の部下にて落合勘兵衛と申す者、また、傍らに控えおりますのは、我が若党にて新高八次郎と申す者。以後よろしく御見知りおきくださいでなかった確かめる勇気が出なかったでますようお願い申し上げます」

おそらくは、先ほどの彦太郎が聞こうとして、ついに確かめる勇気が出なかったであろう身分を、勘兵衛は、あっさりと打ち明けた。

「え、新高さまと、おっしゃいますと……」

さっそく里枝の反応があった。

「はい。わたしどもの平川武太夫と、こちらさまのご息女、里美さまとの縁談の件にて、仲人役を務めさせていただく、新高陣八の次男でございますよ」

「ああ、それは……。いえ、こちらこそ、御尊父さまにはまことにお世話に相成り、ありがたいことでございます」

と、返すことばが、少し震えていた。

だが、勘兵衛は、相手をいたぶるつもりなど、少しもない。

ただ、坦坦と続けた。

「で、こうして失礼をも顧みず、我らのような若輩者が参上いたしましたのは、ほかでもございませぬ。この師走《しわす》には、華燭の典と、余すところは三ヶ月ばかりにて、そろそろ、結納の日取りをいかがするか、などなど、細かな打ち合わせをと、先日、仲人役の、この者の父が、こちらへまいりましたところ、話が一向に捗《はかど》らず、さて、いかがしたものか、と案じているのを仄聞《そくぶん》いたしまして、ついつい、出しゃばって勝手に押しかけたる次第。ご無礼のほどは、どうか、お許しをいただきたい」

「ははあ……」

　里枝は、ほっと吐息《といき》をひとつつき、

「なにしろ、主人は口べたで、もうひとつはっきりしなかったとすれば、どうか、ご容赦のほどをお願いいたします。ただ、再婚とはいえ、我が愚女の婚礼ともなれば、数少なきとはいえど、我が縁戚たちへも知らせねばならず、ついそれに手間取って、はっきりしたお返事ができず、まことに申し訳ないことでございました。どうか、御寛恕《かんじょ》をくださいませ」

「ははあ、そういうことでございましたか。いや、そういうことなら、この者の父も安堵いたしましょう。しかし、ほかに、なにやら支障でもございましたら、それが他聞を憚るようなことでございましても、この、それがしが、失礼ながら内内《ないない》に取りはからいますゆえ、ご遠慮なくお申し付けください」

「…………」

　しばし里枝は無言のままであったが、やがて意を決したような声で、

「いえ、そのようなことはございませぬ」

「さようですか。では、やはりご縁戚への告知に手間取っていると解してよろしゅうございましょうか」

「はい。そのとおりでございます」

(ふむ。やはり、なにかがある)

勘兵衛は、そうと察した。

そこで尋ねた。

「縁戚とおっしゃいますと、ご新造……里枝さまのご実家も入るのでしょうが、失礼ながら、里枝さまのご実家は、どちらでございましょうか」

「あ、わたし……」

また里枝は、ふいっと口を閉ざしたが、

「はい。実家と申しますか、我が父は、同じ稲葉家の馬口方《うまくちかた》でございます」

馬口方とは、殿さまやご重役などが乗馬の際に、口取り役を務める軽輩ものであった。

その家家によって、呼び名はいろいろだが、おそらくは、この山口家と同じく小納戸役なのであろう。

「ああ、同じ御家中でござったか。すると……。外桜田の御本邸のほうでございますか」

「はい。さようで……」

「ときに、きょう、里美さまは？」

「ああ、あいにく、娘は小女を供に買い物へ出かけておりまして」

「さようか」

土間に履物がないはずだ。

「あのう」

今度は、里枝のほうから、まことに真剣な様子で話しかけてきた。

「当方にては、決して破談などは考えておりませぬゆえ、その点だけは、お信じくださいませ」

「もちろん。そんなことは思ってもおりませんよ」

勘兵衛は笑顔で答えた。

里枝は続ける。

「それから、本日のことは、重重、我が主人にも伝えおきまして、近いうちに、こちらのほうから、仲人さま、新高陣八さまのほうへ、必ずや出向いてまいりますゆえ、いま暫しのご猶予を賜わりたく、その点、くれぐれもよろしくお伝えくださいますように、お願いを申し上げます」

「承知いたしました。必ず、そのように伝えておきましょう。いや、お時間を取らせて、まことに痛みいる。では、これにて失礼をいたします」

八次郎に目をやり、二人は立ち上がった。

4

御門のところまで見送るという、彦太郎の申し出を丁重に断わり、勘兵衛たちは御門へ向かった。

勘兵衛のうちには、いくつかの疑問が残っている。

引っかかったひとつに、里美が小女を供に買い物へ出ている、との里枝の言《げん》がある。

我が藩にもまた、小納戸役という、さまざまな雑事をこなす役がある。

その俸給が、たしか二十俵二人扶持であった。

家賃こそ要らぬが、その程度の俸給では、そうそう裕福な暮らし向きではない。

ましてや家族持ちなら、内職でもしなければ、とても暮らしは立ちいかない。

そんなこともあって、小納戸役は隔日勤務となっていて、大っぴらではないが内職を認められている。

だが、五万石の我が藩とはちがい、小田原藩は、この当時は九万五千石、さらには老中としての実入りもあろう。

人の懐を探るようだが、それでも山口家の俸禄はせいぜい、三十俵ほどに思える。

そこに家族四人で……？

さて、小女など雇える余裕があるのだろうか。

御門までくると、先ほどの門番がいた。

そこで、さりげなく、そのあたりの事情を尋ねた。

「ああ、それなら、こういうことですよ。参番長屋では、共同で何人かの小女を雇って、飯を作らせたり洗濯をさせたり、また武家の体面というものも保っている、というわけでして……」

「ああ、なるほどなあ」

勘兵衛がうなずくと、もう一人の門番も言う。

「ですから参番長屋では、朝、昼、晩と、みんなが同じ飯に菜を食っておるんで。そのほうが、かえって安く上がるようですよ」

「ふむ。なかなか知恵がまわりますなあ」

感心して相槌を打つ勘兵衛は、まだ門番たちに聞きたいことは、いろいろあったが、ここは慎重を期するべきだろう、と、そのあたりでやめておいた。

こうして門を出ると、さっそく八次郎が言う。

「ご新造さんが、決して破談などは考えていない、と言っておりましたから、こりゃ、やはり松田さまの取り越し苦労かもしれませぬな」

それに対して勘兵衛は、

「さて、それはどうかな」

言いつつも、ちらと傍らに目をやった。

門番が博奕の見張りだろうと言った、得体の知れない二人連れは、やはり同じ場所にしゃがんだまま、すいと、勘兵衛の視線を外した。

「少し考えさせろ」

勘兵衛は再び三之橋に立ち、晩秋の青い海原を見つめながら、考えをこらした。

(どう考えても、あの山口家では、言うには言えぬ問題を抱えていそうだ)

それは、彦太郎の様子、それから里枝の態度からもそう思えた。

あくまで、勘兵衛の直感である。

(では、どこから手をつけるか……)

予想したとおり、難問にぶつかったな、などとあれこれ思案をして……。

（ふむ！）

ひとつ、思いついた。

「八次郎、これから政次郎《まさじろう》のところへ行こう」

「は。政次郎というと、あの［千束屋《ちづかや》］の……」

八次郎はきょとん、とした顔になった。

「ほれ、あそこは江戸でも大きな割元《わりもと》稼業だ。知ってのとおり、無役の旗本、すなわち小普請は禄百石につき、一人の労役負担の義務がある。そういった労務者を斡旋するのが割元の主な商売だが、ほかにも大名家の庭園作事などの労務者も送り込む」

「なるほど……」

八次郎も、ようやく勘兵衛が言わんとする意味を理解したようだ。

「そんなわけで、政次郎は、あちらこちらの大名家にも入り込んでいる。もしかしたら、〈江風山月楼〉というたか、あの庭園にも人足を出入りさせているかもしれぬ」

「そう、うまくいきますかなあ」

八次郎は疑問を呈したが、

「いや。いずれにしても、政次郎さんのところには、いずれ挨拶に顔を出さねばならぬのだ」

実は、政次郎の一人娘であるおしずは、自ら進んで、以前は権蔵、今は松平直堅となった屋敷の奥女中に入った。

そして、なんと、今や直堅の子を孕んでいるのであった。

今はまだ、合力米五千俵の家ではあるが、今年のうちには一万俵と倍増して、大名並となる直堅の御腹さま、になるのだから、これはたいした出世と言ってもよい。

それゆえ、勘兵衛は、いずれ政次郎の元に、祝いの挨拶をと考えていたのである。

「そういうことなら、祝いの品を求めねばなりませんな」

八次郎が言うのに、勘兵衛は答えた。

「そうだな。あまり高価なものだと、かえって気を遣われよう。どうだな。縁起物の落雁《らくがん》などは」

「はいはい。ならば、京橋北の［塩瀬《しおせ》］でございましょう」

こと菓子や食い物の店に関する八次郎の知識には、端倪《たんげい》すべからざるものがあった。

「では、少少、遠まわりになるが、京橋まわりでまいろうか」

ということになって勘兵衛主従は、きたときは逆に、再び二之橋を渡り、そのまま、まっすぐに通りを進んだ。

「実はな……」

おしずが直堅の子を宿したことは、すでに八次郎には教えている。

だが、まだ教えていないこともあった。

今は大身の旗本並、いずれは大名並となる直堅の子を娘が産むとなると、その父親が割元稼業では具合が悪い。

そこで政次郎は表向き、［千束屋］を引退して、おしずを一旦は平川武太夫の養女としたうえで直堅のところに女中奉公に入った、という工作を施している。

そして政次郎は、今は［千束屋］を離れて夫婦二人で暮らしていた。

「ははあ。そんなことがあったのですか」

案の定、八次郎の目は丸くなった。

まあ、いわば、平川は松田与左衛門の命令で、そういったことに協力し、松田は、すでに三十歳になった平川への褒美として、今回の縁談を斡旋したわけだが、そこまでは勘兵衛も八次郎には教えなかった。

やがて芝居小屋で賑わう木挽町を抜けて、木挽橋を渡りながら、勘兵衛は言った。

「ところで、平川どののお相手の、里美どのは再婚である、と話したな」

「はい。なんでも、夫とは死別なされたとか」

「うむ。今後のこともあるので、そのあたりの事情も話しておこう。松田さまからも、くわしく聞いておいたでな」

「はい。心して、聞かせていただきます」

八次郎が、生真面目な声を出した。

5

「里美どのが最初に嫁いだのは、七年前の十六歳のときで、お相手は下谷車坂門《したやくるまざかもん》あたりに組屋敷がある、徒士《かち》七番組の組頭を務める、中川喜十郎《なかがわきじゅうろう》というお方のところだったそうだ」

「え、徒士組の頭といえば、何千石というお旗本でございましょう」

また、八次郎の目が丸くなった。

「おい、おい、なにを勘違いしておるのだ。おまえが言っておるのは、まさに徒士組の頭であって、正確には御徒士頭《おかちがしら》という。御徒の組頭というのは御徒頭の下に二人おってな。つまりは、そちらの組頭のほうだ」

「あ、それは迂闊なことで。いやいや、［千束屋］のおしずさんではないけれど、あまりにも家格がちがう、と驚きましたもので……」

などと言っているうちにも二人は、京橋南の尾張町《おわりちょう》の大通りに出た。

この大通りを北へ北へと辿っていけば、新両替町《しんりょうがえちょう》を経て京橋に、さらには日本橋へと続くのである。

勘兵衛は言った。

「いや、たしかに家格はちがう。徒士組頭といえば、御家人ながら百五十俵のお抱え席だからな。そのうえ、中川喜十郎の父親というのは、徒士組頭を二十年以上務めたのちに、伜の喜十郎が新規お召し抱えになった家だという。こういう場合、父親のほうは御徒頭支配に入って、その身一代限りながら、七十俵五人扶持の俸禄が出るのだそうだ。つまり中川家は、父子併せて二百二十俵に五人扶持の家で、これは御家人としては、ずいぶんと裕福な家ということになる」

「ははあ」

「なんでも、喜十郎どのが、いずくかで里美どのを見初《みそ》めたそうでな。是非にもと望まれての婚姻だったそうだ」

「玉の輿、というやつですな」

「まあ、それほどのものでもなかろうがな」

「ところが、その肝心の亭主殿が、ぽっくりと逝《い》っちまったんですね」

「うむ。お気の毒なことだ。三年前のことらしいが、将軍さまの目黒への鷹狩りに同行した際に、足に傷を負うたそうだが、それが元で〈そりの病〉を患われてな。あっけなく二十七歳の生涯を閉じられたそうだ」

「うわあ」

〈そりの病〉とは、現代でいう破傷風《はしょうふう》のことで、症状は、身体が突っ張り激しい痙攣を起こす。

そのとき、首が文字どおり弓反《ゆみぞ》りになるので、そのように呼ばれる。

八次郎の言う［塩瀬］は南伝馬町一丁目にあって、勘兵衛は、縁起物の鶴亀対《つい》の落雁を選んで桐箱に収めてもらった。

「ふむ。考えてみれば、落雁だけというのもうひとつだなあ。角樽《つのだる》くらいはつけようか」

「そうですね。やはり灘《なだ》の……下り酒がよろしゅうございましょう」

下り酒問屋は、霊岸島《れいがんじま》の南新堀あたりや南茅場町《みなみかやばちょう》に集まっている。

「なら南茅場町をまわって、鎧《よろい》の渡しを使うのが近道かもしれませんね」

「そうだな。そうしよう」

勘兵衛はうなずいた。

それで海賊橋《かいぞくばし》を渡って、南茅場町にある下り酒問屋の［鴻池屋《こうのいけや》］に立ち寄り、剣菱《けんびし》の角樽も求めた。

「政次郎は表向きは隠居して、この七月から小網町《こあみちょう》二丁目の貝杓子店《かいしゃくしだな》に住まっておるそうだ」

勘兵衛が言うと、

「ははあ、貝杓子店と申しますと、ちょうど鎧の渡しが着くあたりの北方、思案橋《しあんばし》付近だったと思いますが」

「そうか。では、船着き場あたりで尋ねれば知れような」

八丁堀の東のはずれ、南茅場町から鎧の渡しと呼ばれる渡し舟乗り場は、すぐ近くだ。

「それにしても、貝杓子店とは、なんとも奇妙な呼び名だな」

言うと八次郎は、低めの鼻をうごめかし、

「なんでも、あのあたり、昔は牡蠣《かき》や板屋貝《いたやがい》なんかがよく獲れたところだそうで、その貝殻を竹や木の柄につけた貝杓子を商う店が昔からあるからっていいます」

「なるほど」

「でもって、思案橋ってのは、まだ吉原が旧地にあったころ、行こうか行くまいかと思案するから、そう呼ばれてますが、荒い布と書いて荒布《あらめ》橋というのが正式だそうで……」

「ふむ。荒布というと海藻の名だな」

「あ、そうなんですか」

八次郎は、こと江戸の地理や、地名の謂われなどには詳しいが、ところどころ、肝心のところを知らない。

ま、いずれにせよ、この江戸という都市の南部のおおかたが、元は海であったことを彷彿とさせる地名が多く残っていた。

また余談ながら、鎧の渡し、の名は、小網町側の渡し舟の発着場あたりを鎧河岸《よろいがし》と呼ぶからである。

その謂われは永承《えいしょう》年間（一〇四六〜五三）に源頼義《みなもとのよりよし》が奥州征伐の砌《みぎり》、下総《しもうさ》の国に向けて海を渡るとき、暴風に遭い船が転覆しかけた。

そこで頼義は、鎧一領《いちりょう》を海中に投じて龍神に起請《きしょう》して無事を得たことから、そのあたりを鎧が淵と呼んだ、との故事による。

小網町・貝杓子店《かいしゃくしだな》

1

その鎧河岸のところに、小網町三丁目の番屋があって、そこで尋ねたところ、貝杓子店というのは、先ほど八次郎が言った思案橋の手前を、小網町二丁目横町へと曲がっていく、ごく短い範囲の横町だと教えられた。

おかげで、［千束屋《しもや》］政次郎の隠居宅は、手間もなく見つかった。

おそらくは仕舞た屋と思われる表店《おもてだな》は、間口《まぐち》が二間（三・六メートル）ほど、隠居宅としては立派すぎるが、腰高障子には、なにも書かれていない。

そこが、いかにも政次郎らしかった。

「ごめん」

隣家の「さかみや」という貝杓子問屋で確かめたのち、声をかけ、がらりと腰高障子を開いて驚いた。

外から見れば、いかにも古びた仕舞た屋にしか見えないのに、内側は、まるで新普請の直後のように、木の香さえ漂ってきそうな新しさである。

これまた、いかにも政次郎らしい。

「はーい」

落雁の包みを左手に抱え、右手に朱塗りの角樽を提げた八次郎を脇に控えさせて、土間に立っているところに、奥から女の声が届き、やがて姿を現わした。

三十半ば、なかなかの美形である。

勘兵衛はまだ会ったことはないが、これが、長らくやもめ暮らしを続けていた、政次郎の新しい女房であろう、と見当をつけつつ言った。

「わたしは、落合勘兵衛と申します。政次郎親分は……」

と、皆まで言わないうちに、

「あらあ！」

女は嬉しそうな声をあげ、

「落合勘兵衛さまの名は、かねがね聞き及んでおります、お初に、お目にかかれて光栄でございます。わたしは、ふじ、と申します。はい。主人もさぞ喜びましょう。さ、さ、どうぞご遠慮なくお上がりくださいませ」

と、言うところをみると、幸い政次郎は在宅中であるらしい。

「では、失礼をして……」

案内されるまま居室に通ると、いやにどでかい角火鉢のところで、肩に半纏《はんてん》を羽織って煙管《きせる》を使っていた政次郎が、

「おっ！」

ひとこと発して、

「ま、ま、挨拶は抜きにして、そこらにお座りなせえ」

嬉しそうな声を出した。

おふじが手早く角火鉢まわりに座布団を並べた。

政次郎が言う。

「この七月に、松田さまをお訪ねしましたが、その話は、もうお聞きですかい」

「はい。それで、たいへん遅くなり恐縮ですが、かく、御祝いに伺った次第です」

八次郎に目配せすると、落雁の包みと角樽が差し出された。

「こりゃあ、気を遣わせて、すまねえな。でも、なんだ。めでてえのか、めでたくね

えのか、どうにも奇妙ななりゆきになっちまって、なんとも複雑な心境ってえのが、実際のところでござんしてね」

「いや、めでたさに変わりはございますまい。もしやしたら、お孫さまが、ゆくゆくはお大名に、ということにもなりましょうからな」

「さて、さて、そうそううまく、事が進むとも思えませぬよ。正直なところ、心配の種が増えたようなものです」

政次郎の心配は、勘兵衛にもよくわかる。

おしずは、直堅の側女《そばめ》であるし、うまく男児を生んだとしても、その後に直堅が正室を娶り、その間に男児が生まれたらば、と先ざきの雲行きは、誰にも推量できるものではない。

嘆ずるような声で、政次郎は続けた。

「思えば、おしずが、どうしても直堅さまのところに、御女中に入る、と言い出したときが、我が家の天下分け目でございましたな。まあ、よかったことと言えば……」

と、政次郎は、おそらく茶でも淹れにいったのであろうおふじが去った奥のほうに、ちらりと目をやり、

「お父っつあんも、あたしがいるからって、いつまでもややもめを通すより、この際だ

から、お妾さんを家に入れなさいな、って説教を垂れやがった。いや、あのおふじは、さる船宿で仲居をしていたのを見込んで、内緒で面倒みておりましたのさ。そのことを、まさか、おしずが知っていたとは夢にも思っていませんでねえ」

「なにしろ、おしずさんは、あのとおりのしっかり者ですから……」

「うん、うん。おかげでおふじとは正式な夫婦になって、いや、今は心穏やかな暮しを続けてはおりますがな」

「なによりでは、ございませんか」

「そう言われれば、そうかもしれねえが……。それにしても勘兵衛さんは、相変わらずご多忙のようで、まだ新婚というのに国許へ戻ったりと、なかなかにたいへんでございますなあ」

「いや、まあ、貧乏暇なし、という口でしょうか」

「ところで園枝さまとは、うまくいっておられますかい。ええと、そろそろ一年になりましょうか」

「はあ、今月の二十七日で、ちょうど一年を迎えます。おかげさまで、仲良く暮らしておりますよ。そうそう、その節には、我が露月町の拙宅まで、御祝いに駆けつけてくださいまして、ありがとうございました」

「いやいや、そうか。すると一年ぶりということになりますか。いやあ、あっという間に日が経ちますなあ」

そんなところへ、おふじが茶を運んできた。

すると、政次郎が言う。

「ところで勘兵衛さんは、このあと、なにか予定でもおありかな」

「いえ、特にはございませんが……」

というより、政次郎には尋ねたいことがあるのだが、そうそう短兵急にはいかない。

「ならば、勘兵衛さん。久しぶりに酒でも酌み交わそうではないか」

「そういたしましょうか」

酒で話が弾めば、それに越したことはない。

「聞いたとおりだ。おふじ、さっそく支度を頼むよ」

「はいはい。すぐに整えますから、お待ちくださいよ」

おふじは、再び台所へ消えた。

「ところで、勘兵衛さん、中村勘之介《なかむらかんのすけ》のことは覚えておられますかな」

ふいに、政次郎の話題が変わった。

「はあ、中村勘之介……。はいはい、もちろん覚えております。そう、あれは二年前のことでしたか、木挽町で、ばったり政次郎親分に出会うたことがありましたなあ」

「うん、うん」

そのとき勘兵衛と八次郎は、福井藩江戸屋敷の老女、鈴重《すずのえ》の動向を監視していた。

というのも、鈴重が、たびたび酒井大老の別宅に出入りして、接触を繰り返していたからであった。（第七巻：報復の峠）

で、その日も鈴重の塗駕籠《ぬりかご》を尾行したところ、着いた先は木挽町、入っていったのは［山村座］座付きの大茶屋［高麗屋《こうらいや》］であった。

鈴重が、そこで誰と密会するのか、それを知りたくとも、そうなるともう手も足も出ない。

どうしたものか、と思案しているところに、たまたま政次郎に声をかけられたのである。

「たしか、あのとき、親分は中村勘之介が［山村座］の新狂言に出るので、祝儀を届けにきたのだと言うておられましたなあ」

「そうだった。いや、よく覚えておいでだ」

「いやあ、あのときもまた、親分さんには、ずいぶんと助けられました」

「なあに、昔の話だ。いや、勘之介の話を出したのは、ほかでもねえ。ちょうど、きのうに、その勘之介から手紙が届いたもんだからねえ」

「ほう」

「実は、あの中村勘之介、その後に上方《かみがた》に上《のぼ》りましてな。名も嵐三郎四郎《あらしさぶろうしろう》と変えて、近く、京の［村山座］での顔見世興行の『六波羅常盤《ろくはらときわ》』で、清盛《きよもり》役を演ずることになったと知らせてきましてね。つまりは、立《たて》役者を張ることになったというわけですよ」

「ほう、それは、見事な出世ではございませんか」

立役者とは、一座の中心となる重要な役者のことである。

特に京は、歌舞伎発祥の地であり、江戸歌舞伎の親玉のようなものであった。

これは後日談ではあるが――。

この嵐三郎四郎、その後めきめきと人気をあげて、ついには［村山座］の花形役者になって一世を風靡《ふうび》した。

ところがこれより十年後の貞享《じょうきょう》四年（一六八七）には、二十五歳の若さで、割腹自殺を遂げて世間を驚かせている。

いったい、なにがあったのか――。

ここでは紙面を割かないけれど、翌貞享五年の刊で、人気役者であった嵐三郎四郎の追善作として、井原西鶴《いはらさいかく》が『嵐無情物語』と題した、上下二巻本を出版している。

これ、西鶴本のうちでも、なかなかの名作なり、と付言しておこう。

さて、酒の支度も調って、酒酌み交わしながら勘兵衛と政次郎との間に、昔話の花が咲きはじめた。

下戸《げこ》の八次郎は、茶を飲み饅頭でも食らいながら、二人の話に耳を傾けている。

2

話のなりゆきから、まずは中村勘之介の話が続いていた。

中村勘之介は、政次郎の子分であった彦治《ひこじ》という者の弟で、本名を捨吉《すてきち》といった。

その捨吉が、なかなかの美童で、十歳ごろから中村勘三郎《かんざぶろう》座の舞台子《ぶたいこ》になった。

舞台子というのは、舞台に立って歌舞を演じる若衆である傍ら、陰では男色も売る者のことで、色子とも板付《いたつき》とも呼ぶ。

もう三年も前のことだが、中村勘之介の美童ぶりに目をつけて、霊岸島に巣くっていた［般若面《はんにゃめん》の蔵六《ぞうろく》］というやくざ者が、辻取《つじと》りを企てた。

辻取りとは、街角で婦女子を引っさらうという、荒っぽい手口のことだ。

だが、その企みは政次郎に阻止されて未遂に終わっている。

これを恨んだ［般若面の蔵六］は、徒党をなして政次郎を襲い、このとき、勘之介の兄であり、政次郎の子分でもあった彦治が命を落とす、という事件が起こった。

これは、その後にわかったことだが――。

割元を営む政次郎には最大の敵がいた。

それが日傭座《ひようざ》支配の安井長兵衛《やすいちょうべえ》で、いわば二人は商売敵でもあって、一方的に長兵衛が、政次郎の［千束屋］をつぶしにかかっていたのである。

そして［般若面の蔵六］を陰で操っていたのが、実は安井長兵衛であったのだ。

だが［般若面の蔵六］は刑場の露と消え、安井長兵衛もまた、火付盗賊改方に捕らえられて壊滅した。

そういった思い出話を肴に酒を酌み交わして、およそ半刻（約一時間）余り――。

（そろそろ……）

「ときに政次郎さん」

勘兵衛は、いよいよ本題に入ることにした。

「築地にご老中、稲葉正則さまのご別邸がありますが、ご存じですか」

「おう。江風山月楼のことかい」

どんぴしゃり、と答えが返ってきた。

「そう呼ばれているそうでございますね。もしや、［千束屋］からの出入りもございますか」

「おう、なにしろご自慢の庭園だからな、うちのお得意様で、しょっちゅう仕事がくる。うん、今もな……。そう、半月ばかり前から人足たちを出入りさせているところだ」

「ははあ」

これはまた、運がいいというものだ。

政次郎が続けた。

「実は、あの庭園には咳逆《せき》の者嫗《ちちはは》と呼ばれる、高さ二尺ほどの石像が一対ありましてな」

「せきの父母でございますか」

「まあ、早い話が爺さまの像と婆さまの像だ。詳しい話は知らぬが、なんらかの謂《い》われのある石像で、元は稲葉家の始祖のころから小田原にあったそうだが、江風山月楼ができたので、こちらに遷《うつ》したものだそうだ。で、爺さまの石像に祈ると、口の中に病がある者に卓効があり。婆さまの石像に祈ると、風邪をひき、咳が止まらぬ者に霊験あらかた、だといわれているそうな」

「ほう」

知りたいこととは、別の話題だが、一直線にいくよりも、まずは相手の話を聞く、というのが結局は近道、と勘兵衛はこれまでの経験上で学び取っていた。

「ところがな……」

政次郎は手にした盃を飲み干すと、長火鉢の銚釐《ちろり》から手酌で盃を満たして、続けた。

「この一対の石像は、あの庭園内の稲荷社横に、並べて立てておるのだが、どういう拍子か、年に一度かそこら、爺さまのほうが、すってんころりんと倒れてしまう。それで、その都度、起こしては工夫をするのだが、やはり倒れる」

「いや。面妖な話でございますなあ」

「そうじゃろう。ま、庭園の手直しや改修以外にも、爺さまの像が倒れるたびに、うちから人足を入れてきたのだがな……」

「はい」

「あの稲葉家別邸の庭園の補修係の役人は、（山月楼方）と呼ばれる山口さまというお方でな」

「あ……!」

と、傍らで、何個か目の大福餅を食っていた八次郎が、思わず声をあげた。

「ん……？」

八次郎のほうを見た政次郎に、

「なに。饅頭の食い過ぎで噎《む》せでもしたのでしょう」

言いながら勘兵衛が睨みつけると、八次郎はシュンとなった。

もちろん勘兵衛とて、政次郎の口から山口の名が出て驚きはしたが、ここで政次郎の話の腰を折るのは、いかにもまずい。

「で、その山口さまが、いかがいたしましたか」

とりあえずは、話の続きをうながした。

「ふむ。そのお役人は根が真面目なものだから、しばしば倒れる爺さまの石像のことに悩まれてなあ。それで、近ごろ、なんとかいう高僧に相談をされたところ……」

「ははあ、なにやら、おもしろそうな話でございますなあ」

「高僧が言うには、おそらく二つの石像は夫婦であろうが、ときおりは夫婦喧嘩でもして、なおかつ婆さまのほうが圧倒的に強く、それで爺さまのほうが倒れるのであろう。夫婦というやつも、ただただ長ければよいというものでもない。いつかは別離があるもので、限度というものがあろう。おそらくは石像になって百年以上は経とうから、そろそろ引導を渡してやって、離れた場所に安置するのがよろしかろう、ということになってな」

「なるほど、夫婦とはいえ、あまり長すぎるのもどうか、ということでしょうか」

「まあ、そういうことだろう。で、強いほうの婆さまの石像はそのまま残し、爺さまのほうを、同じ別邸内にある、稲葉侯累代《るいだい》の位牌堂近くに遷そうということになった」

「なるほど」

「そんなわけで、今、その移設も兼ねて、庭園の補修普請のために、半月ほど前から人足を送り込んでいるというわけだよ」

「そうでございましたか。いや、実は、その（山月楼方）の山口どのというお方、ちょいと訳あって近ごろ、耳にしておりましてな」

「ほう。それは奇偶」

「それでお尋ねをいたしますのですが、政次郎親分は、その山口どのとは、面識がおありで……？」

「もちろんだよ。いや、隠居をしたのちは、表向きを取り仕切らせている五郎《ごろう》にまかせてはいるが、これまで、何度も顔を合わせては、打ち合わせなどおこなってきたか

らな」

「さようでございましたか。では、ご家族のことなども、よくご存じでいらっしゃいますか」

「いや」

政次郎は、首を横に振った。

「なにしろ、山口さまは、先ほども言うたように生真面目なお方でなあ。何度か、ご接待を申し出たが、ことごとく断わられてしまいましてな。まあ、なんというか、まことに穏やかなお人柄ながら、公務と私事は、きっちりと分けるというお方ゆえ、役務以外のことは口になさらぬ。それゆえ、ご家族のことなど、もう長いおつきあいでありながら、とんと知り申さぬのだ」

「ははあ、さようでございましたか」

ということは、山口彦右衛門という人物は、平井武太夫同様に、八次郎の言うところ、四角四面が羽織を着たような人物であるらしい。

（さて、困ったぞ）

山口のことについて、政次郎のほうからその名が出て、これ幸いと思っていたが、あてがはずれた。

（ふむ！）

「ところで……」

と、勘兵衛は口を開いた。

「この半月ばかり、稲葉家別邸に人足を送られているようですが、なにか変わった話をお聞きにはなりませんでしたか」

大名屋敷に出入りする人足は、大名家の内情には興味津津《しんしん》、なにかしらを耳にするものであった。

「そうですなあ」

政次郎は、しばし空《くう》を睨んで、頭を傾げていたが、

「そう、そう」

と、膝を打った。

「もう、十日ばかりも前のことであったが、どこの誰それとはわからないけれど、あの別邸に住まう女性が髪切りに遭う、という事件があったそうな」

「髪切り、でございますか」

なんのことだろう。

「その、髪切り、とは、どういうものでございましょうか」

勘兵衛は素直に尋ねた。

「おや、ご存じないか」

政次郎は、嬉しそうな顔になり、

「さよう。この髪切りというのは、主に若い娘が狙われてな。いずこからともなく現われた何者かに、黒髪を元結《もとゆい》の際から切り落とされるという怪異なのだ。それが、この春くらいから下谷《したや》で頻発して、下谷の髪切りと言われておそれられている」

「ははあ、下谷の髪切りでございますか」

「そうなんだ。それが変な流行を見せて、夏ごろからは市ヶ谷《いちがや》のほうにも飛び火しましてな。市ヶ谷あたりの左内坂《さないざか》、中根坂《なかねざか》、闇坂《くらやみざか》、などといったところでも、頻発しているのだそうだ」

「なんと、奇っ怪な事件ではございませんか」

「そうなのだ。ある者はキツネの仕業だと言うが、俺が見るところ、やはり犯人は人間で、世の中を騒がせてはほくそ笑む、という種類の悪戯《いたずら》だと思うがな」

「それは、そうでございましょうな」

相槌を打ちながら、

（はて――？）

勘兵衛は考えた。

(下谷の髪切り……?)

里美の最初の嫁ぎ先が、下谷の車坂門の近くであったが……。

(まさかな)

たまたまのことで、無理にも結びつける根拠など、どこにもない、と思いながらも、ことばを押し出した。

「で、その、稲葉家ご別邸のほうの髪切り事件ですが、どのあたりで起こったのでしょうか」

「ふむ。それがな……」

政次郎が、首を傾げながら答えた。

「下谷や市ヶ谷あたりなら、寂しきところもあるゆえ不思議はないが、今度のは、なんと紺屋町《こんやちょう》だというぞ」

「ははあ、それはまた……。えらく町中《まちなか》でございますなあ」

「そうなのだ。それも、真っ昼間というから驚くではないか。もっとも、髪切り、というても今度のは、元結をばっさり切られただけで、肝心の髪の毛のほうは、無事であったらしいがな」

「ほう」

おそらくは通行人が途絶えたのを見計らい、手にした剃刀《かみそり》あたりで、元結を切った、というような悪質な悪戯のようにも思える。

だが、その事件が山口の家の事情に関わるかどうかは、定かではない。

政次郎と、あとしばし談笑を続けたが、それ以上の情報はなかった。

そろそろ夕刻が近づくころ、勘兵衛主従は政次郎の隠居宅を辞した。

外に出て、さっそく八次郎が逸《はや》ったように言う。

「いったい、稲葉家のどなたが髪切り事件に遭ったのか、あの門番にでも尋ねれば、はっきりするのではございませんか」

対して勘兵衛は、

「まあ、待て。築地の別邸に、山口どのを訪ねた、きょうのきょう、とって返して、そんなことを尋ねれば、かえって、山口どのの迷惑になるやもしれぬ。委細は、紺屋町の自身番にでも尋ねれば、もう少しはっきりしたこともわかろう」

「はあ、それもそうですねえ」

「それに、山口どのの御内儀も、近く、おまえのお父上のところに必ず彦右衛門どのを訪ねさせます、と約束をしたのだから、ここのところは変に動かず、しばし待ってみようではないか」

静観を決め込むことにした。

3

翌日——。

勘兵衛は愛宕下の江戸屋敷に向かい、松田与左衛門に、昨日のことをざっと報告しておいた。

「そうか。御縁戚への告知に手間取っているというわけか。それに近ぢか、山口どのが、陣八のところまでご足労いただくと言うのなら……、うん、こりゃあ、陣八の取り越し苦労かもしれぬな。そういうことなら、ま、しばらく待ってみよう」

と、松田も言った。

「では、わたしはこれにて失礼をして、ちょいと紺屋町のほうに出かけてまいります」

するると松田が、

「ほ！」

なにやら気の抜けたような声を出し、

「ということは、政次郎から聞いたという、髪切り事件のことでも調べようというのか」

「いえ、いえ。まあ、ついでのことに、とは考えてもおりますが、ほら、例の……。縣小太郎を直堅さまの元に……という話でございますよ。ま、一応は小太郎の存念も聞いてやったうえで、と思う次第です」

「おう。そうか、そうか。小太郎たちは、紺屋町に住まっていたのであったな」

「はい。さようなわけで……」

紺屋町二丁目の借家は、大和郡山藩本藩の筆頭家老の用人の日高信義《ひだかのぶよし》と、同藩で目付見習いをしている勘兵衛の弟の藤次郎が、身分を秘して隠れ住んでいたところであるが、今は二人ともに若狭国《わかさのくに》に移り、小太郎以下、その係累を含めて、一軒の仕舞た屋に八人もの大人数で住んでいる。

そんなわけで松田の役宅を出て、勘兵衛は一人、紺屋町に向かった。

事は小太郎の仕官話ゆえ、さて、まずは松平直堅のところの用人、比企藤四郎に打診をするのが先か、どうかと考えあぐねたが、比企には、少しばかり残念な話もしなければならない。

といって、小太郎の存念を聞くといっても、今のところは、どう話が転ぶとも知れず、ぬか喜びをさせるわけにもいかない。

そんなこんなで、悩ましいところではあったが、偶然とはいえ紺屋町の髪切りの事件のこともあり、勘兵衛は、えいやっと決断をつけて、小太郎のほうに先に話を、と決めたのである。

だが、縣小太郎が故郷の越前大野を捨てて、この江戸に出てきて、まだ五十日ちょっと……。

それで早くも新たな仕官話ともなると、小太郎の父親が犯した罪のことなどもあって、なかなかに微妙な事柄にも触れそうである。

そこで勘兵衛は、きょうのところは八次郎を町宿に残してきた。

紺屋町は一丁目から三丁目まであるが、名とは裏腹に、紺屋《こうや》の類《たぐい》は一軒とてないところである。

江戸の初期に、藍染め職人たちに与えられた土地であったから、その名があるが、火除け地ができたり、なにやらで場所替えがあり、代地が与えられたりしているうちに、染物屋がひとつもない紺屋町になってしまったようだ。

日本橋通りを、まっすぐに北に進み、八丁堤を越えると元乗物町、鍛冶町に入る手前を右に曲がれば紺屋町一丁目、二丁目と続き、相変わらず賑わっている［日野屋《ひのや》］という釘鉄銅物問屋から、東に一軒置いた表店の仕舞た屋が、目的地であった。

以前はなかったことだが、腰高障子は、開け放たれていた。

とりわけて面体《めんてい》を隠す必要もないのだが、以前が訳ありの陰宅であった手前、勘兵衛は、さりげなく周囲を窺ったうえで、菅笠をつけたまま、するりと広い土間に入り込んでから、

「ごめん」

と、声をかけた。

すると、一階の奥の部屋の隅で、なにやら書物を広げていた小太郎が、

「や。その声は落合さま」

はずんだ声で立ち上がった。

「うむ」

言いながら後ろ手に腰高障子を閉め、勘兵衛は菅笠を取った。

「あれ、まあ、これは、これは……」

声を聞きつけたか、奥の台所から、おきぬが飛び出してきた。

おきぬは、小太郎の養母といってよいのかどうか、小太郎の腹違いの弟と妹を生ん

だ、元は縣家の小女《こおんな》であった。

くどくどと、礼を述べてくるおきぬを適当にあしらいながら――。

(はて?)

八人が住まうにしては、いやに静かだなと勘兵衛は思った。

そこで、そのことを尋ねると小太郎が、

「余介とトドメの二人は、数日前から、近所の寺子屋に通わせはじめました」

「そうなのか。ふむ、それはよいことだ」

小太郎にとって弟にあたる余介は十一歳、故郷では、小太郎が勉学を教えていたようだが、正式な教育というものは受けていなかった。

また、妹にあたるトドメは九歳、詳しいことは知らぬが、この江戸で生きるためには、文字を知り、簡単な算術くらいは修得しておくべきだろう。

「兄の留三《とめぞう》でございやすが……」

と、これは、おきぬが口を開いた。

「無給でありますんやが、新銀《しんしろがね》町《ちょう》にある豆腐屋へ修行に通いはじめたんや」

江戸へ出てきた当初は、越前大野の訛《なま》りが強かったものだが、それが早くも、ずいぶんと薄れてきている。

「なに、豆腐屋へか」

「はい。実は……」

と、これは小太郎。

「この、おきぬさんが、近所の方にお聞きしたところ、ここは、元は豆腐屋であったらしく、それゆえ、このように土間も広いのだそうです。それを留三が聞きまして、ならば豆腐作りの修行をして、ここで豆腐屋を開けばよいではないか、ということになりましてね」

「ははあ、なるほど……」

「それで留三さんは、給金などいらぬから、ぜひとも豆腐作りを教えてほしい、と近所の豆腐屋を片っ端からまわって、やっと、新銀町の豆腐屋を見つけてきたというわけです」

「ほう。そうなのか」

これが、庶民の生活力というものか、と改めて勘兵衛は感心した。

「で、権田千佐登《ごんだちさと》さまの母娘《おやこ》は？」

「はい。千徳丸《せんとくまる》が、まだ幼いゆえ、この二階で縫い物の賃仕事をしております。仕事のほうは、おきぬさんが取ってきて、できあがったものを届けもしています」

「ふうむ」

やはり、おきぬは働き者だし、行動力も抜群だ。

江戸にきて、まだふた月と経たぬというのに、一家一族は、それぞれに着実に、実生活の基盤を築きつつあった。

「いや、それぞれに頑張っているようで安堵しました。日高さまが、ここから旅立たれて、もう十日ばかりが経つが、その間に、なにか変わったことはなかったであろうな」

「はい。格別には、なにも……。どうかいたしましたか」

「いや、それならいいのだ。どうということもない」

元もとが、大和郡山藩本藩と支藩との暗闘に絡む秘密基地のようなところだったから確かめてみただけで、まず九分九厘は、敵に気づかれていないはずだ。

勘兵衛は、いよいよ本題に入ることにした。

「実は、きょう、お邪魔をしたのはほかでもない。ちょいとそなたに相談があってな」

「はい。なんでございましょうか」

「ふむ……」

しばし考え、勘兵衛は言った。

「午後からは、［高山道場］に行くのだろう」

「はい。ほぼ毎日、通っております」

「そうか。俺も、もう少し通いたいのだが、なにかとあってなあ。しかし先日に、政《まさ》岡《おか》どのが言うには、なかなかよい筋じゃと、誉めておられたぞ」

政岡進《すすむ》は、［高山道場］の師範である。

「いえ、とんでもございません。さすがに江戸の道場は、故郷の［坂巻道場］に比べて、強者揃《つわものぞろ》いでございます。わたしなど、まだまだ小野派一刀流の型を覚えるのに、汲汲としている段階に過ぎません」

勘兵衛も少年のころから通った［坂巻道場］の流派は夕雲流《せきうんりゅう》で、型や剣さばきにもかなりの相違があった。

できれば二人きりで話したかったので誘うと、

「ちょいと外に出ぬか」

「承知しました。しばしお待ちを願えますか」

小太郎は着流しのうえに、袴をつけ、亡父の形見らしい羽織もつけ、腰に両刀を帯びたうえで、

「お待たせいたしました」

二人して、外に出た。

4

陽の高さから見るに、そろそろ四ツ半（午前十一時）になろうか、という時刻だろうか。

「少し早いが、昼餉でも取りながら話そうか」

「はい」

「じゃあ、ほれ、先月に乗庵《じょうあん》先生のところからの帰りに寄った、あの料理屋でどうだ」

料理屋の名は忘れたが、先月の初旬、小太郎と根岸《ねぎし》に行った際に、妻敵討ちの坂口父子と出会った。

その子が、熱を出して倒れたものだから、急遽、兼ねて知り合いの医師のところに運び込んだあと、八次郎に教えられた料理屋だ。

大横町《おおよこちょう》にあるから、ここからは近い。

その料理屋の名は［ひさご］といった。

前回は気づかなかったが、よくよく見れば、軒下に看板代わりの瓢簞《ひょうたん》がぶら下がっている。

まだ時分も早いから、客は一人もいなかった。

勘兵衛の計算どおり、というわけだ。

「奥の小上がりを借りるぞ」

出てきた女将《おかみ》らしいのに言って、つけ加えた。

「少少、話があるので、昼餉は、もう少しあとでもよいか」

「はい。それは助かります。朝場の菜は残っておりますが、昼席の支度は、ただいま準備中でして」

「じゃあ、まずは、冷やでよいから酒でも頼んでおこう。おまえはどうする」

「いえ、わたしはご遠慮を……。午後から稽古がございますゆえ」

「そうだったな。じゃあ、こちらには茶でも頼もう」

そう言ったのち、二人して小上がりの座敷に上がった。

畳二枚を横長に敷き詰めていて、隣席とは衝立《ついたて》で仕切るといった、簡便な座敷席であった。

酒と盃、茶、それに簡単なお通しと箸が揃った二膳を置いて女将が去ったあとで、勘兵衛は口を開いた。

「話というのは、ほかでもない。なるか、ならぬかは、まだこれからの話ゆえに、期待をしてもらっては困るのだが、おまえの仕官話だ」

「えっ」

小太郎は驚きの声をあげ、とたんにしゃちほこばった。

「ま、まことでございますか」

次には喜色に溢れた声になる。

「だからな。まだ、先方には、なんの話もしておらんのだ。ただ、おまえにその気があるかどうかを、きょうは確かめにきたわけだ。それによっては、先方に頼みにまいろうと思っておるが、あまり期待されても困る」

「はあ、はあ、それはそうでございましょうな」

言って、小太郎は思わず目の前の茶をがぶりと飲んで、

「あ、あ……」

思わず口元を押さえている。

熱かったようだ。

勘兵衛も、さわりの部分だけは伝えて、盃に冷や酒を注ぎ、一口飲んだ。

「で、その先方というのはな」

「は……はい」

まだ目を白黒させている。

早くも、また思いがけず、仕官話を持ち込まれて、よほどに緊張しているようだ。

「松平直堅さま、というのを知っているか」

「はて……」

小太郎は首を振った。

「そうか。実はそのお方は、まあ、はっきり言ってしまえば、越前福井藩の前の前の藩主であった、松平光通さまの隠し子であった、お方だ」

「あ、その話なら漏れ聞いたことがございます。なんでも福井から逐電《ちくでん》し、それが元で光通さまがご自害をなされたとか……」

「そう。そのお方だ。ま、その後にいろいろとあったが、幕府からも越前松平家の一員と認められ、将軍さまの拝謁もかなって、松平直堅を名乗られておる。今は五千俵の合力米を賜わり、西《にし》の窪《くぼ》の仮屋敷におられる」

「………」

「今のところ、大身旗本並という扱いで、家臣の数も五十人余りという小さな所帯だが、そのほとんどが、直堅さまこそが、福井藩の跡継ぎと信じて、福井藩から脱藩してきた者たちだ」

「ははあ」

「ところがの。まだ正式なご沙汰ではないけれど、幕府におかれては、将軍御親藩ともいうべき越前松平家の一員が、五千俵ではいかにもまずかろう、との思《おぼ》し召しで、一万俵の大名並に格上げを、ということがほぼ決定して、近くその御沙汰が出るらしい」

「そうなのですか」

やにわに、小太郎の目の色が変わった。

「ということになると、もう少し家臣を増やさねばならんというわけだ。おまけに、我らと同じ越前松平家に変わりはないし、おまえを推薦してみようかと考えたのだが……」

と言っているうちにも、小太郎、がばっと上がり座敷に両手をついて、

「まことに……、まことに、ありがたき仕合わせに存じます」

はや、鼻声になっている。

「おい、おい、頭を上げろ。まだ決まったわけではないのだぞ」

するると、頭を上げた小太郎の目は、すでに潤んでおり、

「いえ、かくも早く、そのようなお話をいただくだけでも望外の喜びでございます」

「うむ。実のところはな。この話を最初にされたのは、江戸留守居役の松田与左衛門さまだ」

「そうなのですか」

「うん、俺の直属の上司でな。よくよく考えてみれば、直堅さまの家臣たちは、ほとんどが故郷の福井を捨てて、この江戸にて直堅さまにお仕えをしている。そのあたり、おまえとも境遇が似ておることだし、俺も、この話は、なんとかまとめたいと思うておるのだ」

「ぜひ、ぜひ、よろしくお引きまわしのほどをお願いいたします」

「わかった。近いうちに、腕によりをかけて、話し合ってこよう」

そんな話をしているうちに、ふいに小太郎の表情が暗くなった。

「どうした、小太郎」

「はあ、しかし……、我が父の……」

と言ったきり、小太郎の声が途切れた。

おそらく、故郷で犯した亡父の罪のことに思い至ったのであろう。

「そんなことは心配要《い》らぬ。我が家中にても、おおかたの者が知らぬことだから洩れる心配はない。もちろん、おまえの口から言う必要もない。なぜ、おまえが、大野藩を致仕して、この江戸にやってきたのか。その理由なら、松田さまとも相談をして、適当な口実を考えておいてやろう」

（そう。それがあったな）

と思いながらも、勘兵衛はそのことはおくびにも出さなかった。

やがて昼餉の支度が調った、と女将が告げにきた。

二人で食事をするうちにも、客もだんだんと増えてくる。

「ところでな」

勘兵衛は尋ねた。

「近ごろ紺屋町で、髪切りの事件が起こったと耳にしたのだが、おまえ、聞いてないか」

「ああ、それなら日高さまが旅立たれた翌日のことでしょう。叔母上たちの賃仕事を取りにいっていた、おきぬさんが戻ってきて、このところ江戸のあちこちで流行をしている髪切りの事件が近くで起こり、大騒ぎであったと話していましたよ」

小太郎が叔母上と呼ぶのは、亡父の妹で、不正を働き刑死した、元郡《こおり》奉行の妻女であった権田千佐登のことである。

「ふむ。大騒ぎというたが、紺屋町の、どのあたりのことだ」

「はあ、どこぞの大名家に奉公に出ている、なんとかいう長屋の住人の娘が髪の元結を切られたとかなんとか……」

話は適《あ》う。

しかしながら――。

「それでは、まったくわからんではないか」

「申し訳ございません、でも、おきぬさんなら、もっと詳しく知っているはずですよ。なにしろ、あの、お人、あの紺屋町界隈に、もう十年から住んでいるような顔をして、近所のおかみさん連中なんかと、すっかり仲良しになって、それで、どこそこの寺子屋がいいようだ、とか叔母上たちの賃仕事まで見つけてくるくらいですからね。いや、たいしたお方です」

「いや、しっかり者だとは思っていたが、なるほど、聞けば、たいした女性《にょしょう》だなあ」

小太郎の弟や妹を生んだ女性だが、小太郎は素直に母上とは呼べず、だが、その生活力の旺盛さを認めてもいて、普段はおきぬさんと呼んでいるのであった。

「ちょいと仔細があってな。その髪切り事件のことを詳しく知っておきたいのだ」

「では、おきぬさんに尋ねれば、だいたいの事情はわかりましょう。わたしも道場へ行くには、まだ時間がございますので、一旦は一緒に戻りましょう」

ということになった。

5

そこで再び二人して紺屋町二丁目の仕舞た屋に戻った。

すると、おきぬは台所で昼餉の支度をしていたようで、それを小太郎が呼んできた。

「忙しい折にすまぬな」

「いえ、千佐登さまにも手伝ってもろうておるんでの、その心配ならいりやせんでよ。それより、あの髪切り事件のことでございやしょうか」

「ふむ。まずは、事件があったのは、どのあたりかな」

「へえ、ほら、薬師新道《やくしじんみち》がございやしょう」

「はて、薬師新道」

どこの道やら、勘兵衛にはわからなかった。

「ええと、ほら、藍染川《あいぞめがわ》の近くに、頬焼薬師《ほほやき》をご本尊とする養善院《ようぜんいん》という小さな真言宗の祠《ほこら》がございやしょう」

「はて」

藍染川と呼ばれる、幅二間ちょっと（約四メートル）の溝川《どぶ》なら知っているが、養善院だの、頬焼薬師などと言われても、勘兵衛には覚えがなかった。

小太郎はと見ると、そちらも頭をひねっている。

するると、おきぬは、じれったそうな声になって、

「ほれ、小太郎さん。紺屋町二丁目の自身番のところから、おまえさまが、［高山道場］へと通う南北の道が、ございやしょう」

「はい、はい」

おきぬは、今度は小太郎に向かっていた。

「その道の、ひと筋西に、ええと……鍛冶町の大通りとの間に、南北に通ずる、ちいっと細い道がございやしょう」

「ああ、ありますなあ。通ったことはございませんが」

「その道の名が、薬師新道というんやざ、が」

ひょっこりお国訛りが飛び出した。

勘兵衛は言った。

「その道なら、わたしも通ったことはないが、たしかに見知っておる。そうか。あの道を薬師新道というのかい」

「そうなんですよ」

おきぬが胸を撫で下ろすように言ったとき、台所から権田千佐登が茶を運んできて、またひとしきり、挨拶が交わされた。

二階からは、先ほどらい、男の子の泣き声が届いてくる。

三歳の千徳丸がむずかるのを、その母であり、小太郎にとっては従姉にあたる権田小里があやしているのであろう。

再び千佐登が台所に戻るのを待ちかねたように、勘兵衛は尋ねた。

「で、髪切りは、その薬師新道で起こったのですか」

「へえ。それも紺屋町の一丁目から、ほんの少しばかり入ったところでやしてね。たしかに、あの道は、人通りの少ないところでございやすからねえ。それで、大騒ぎになっていたところに、ちょうど、このあたしが、行きあたったんでございやすよ」

「ほう」

「いえ、あの薬師新道の藍染川の手前に、お針子を三人抱えた仕立屋がありやして、どこやらの呉服屋の下請け仕事をしておるんやが、自前では手に余るもんは、紹介料という、ま、早い話がピンをはねて、裁縫仕事をまわしてくれると耳にして、はい。それで千佐登さま方の縫い仕事をいただくことになりましたんやが……」

「ほう」

やはり、おきぬは逞しい。

というより、庶民の女同士の連絡網がすごい、というものか……。

「その、仕立屋へ品物を納め、新しい仕事をいただきやして、戻るところに、ちょうど髪切りの事件に出くわした、というわけや」

「なるほど。それで……」

「髪がざんばらになった娘さんが、泣き崩れておいでで、それで人だかりがしておりましたが、そのうち、娘さんは一丁目の自身番に連れて行かれたんや」

「時刻は？」

「昼下がりの……。八ツ（午後二時）は過ぎたころでしたなあ」

まさに、政次郎の言ったように、真っ昼間のことであった。

小太郎の話だと、どこぞの長屋の娘だとか、どこかの大名家に奉公に出ているとか、ということであったが、まだその話がない。

そこで——。

「ほかには、なにか聞いておらぬか」

さらに勘兵衛は話をうながした。

「はいはい。一丁目番屋前にも人だかりがして、顔見知りのおかみさんらと、あれこれ話をしておりましたなら、一人が、たしか、あの娘は、どこかの大名屋敷に奉公に出ている、藤八《とうはち》長屋に住む、鋳掛屋《いかけや》の長平《ちょうへい》さんのところの娘さんではないか、と言い出しやして、そうそう、たしかに、あれは長平さんのところのお吉《きち》さんにちがいないと、いうことになって、そのお人が、じゃあ、わたしが長屋まで、ひとっ走りして知らせてこようと……はい。やがて、娘さんのおっ母さんらしいのが、血相変えて番屋に駆け込んでいきやしたがな」

思った以上に、詳しい話が聞けた。

「ところで」

と勘兵衛は言った。

「その藤八長屋というのを、おきぬさんは知っておるか」

すると、おきぬは、にっこり笑い、

「はい。そりゃあ、もう、しっかりと聞き出しておきやしたよ。ええと、その薬師新道を、ずずーっと北へ進みますと、やがて突き当たるところの角《かど》に、［吉野屋《よしのや》］という小間物屋があるんやが、そこの亭主の名が藤八、それでその小間物屋の裏長屋が藤八長屋と呼ばれておりやす」

「なるほど」

「ついでのことに言いますと、小太郎さんが通う［高山道場］とは、もうお隣りのようなところでございますよ」

「ほう」

そういえば、道場の近くに、そんな小間物屋があったような、なかったような……。

西久保八幡・かえで茶屋

1

思いもかけず、おきぬから詳しすぎるほどの情報を得た勘兵衛は、とりあえず、その薬師新道に足を踏み入れた。

いわば鍛冶町の裏通りのようなものだが、なるほど人通りは少ない。

もっとも、ちょうど午餐どきにあたるから、子供の姿も見えない。

事件が起こったのは昼下がりということだったから、今の時刻よりは半刻から一刻ばかり、のちのことであろうが……。

(このあたりであろうか)

紺屋町一丁目から入って、すぐのところとおきぬは言ったが、と思いながら勘兵衛が目を配ったあたりは、町人地ながら、これといった商売屋もなく、なにやらの会所やら町家などが続く一画であった。

（それにしても……）

襲われた娘は、どこぞの大名屋敷に奉公に出ていたと聞いたが、父親が長屋暮らしの鋳掛屋だというと……。

（まちがえても、女中奉公ではないな）

とは、容易に想像がつく。

行儀見習いのため大名や旗本屋敷に娘を女中奉公にあげるのは、たいがいが大店の主と相場が決まっている。

（すると……）

まだ稲葉家別邸の、と決まったわけではないが、参番長屋が共同で雇っているという、小女というのが、いやでも頭に浮かぶ。

（ふむ）

そんなことを考えながら歩を進めていると、右側の町家の軒先に、

〈よろず、おしたて、うけたまわり〼《ます》〉

と金釘流で書かれた木札がぶら下がって、風に揺れていた。

(なるほど、ここが……)

おきぬの言っていた仕立屋らしい。

(それにしても……)

あのおきぬ、江戸へ出て二ヶ月も経たないというのに、完全とはいわぬまでも、お国ことばをかき消し、なおのこと、〈ピンをはねる〉などと、いかにも江戸ふうの地口《じぐち》まで使うようになっている。

苦笑しながら先へ進むと、目前の溝川が藍染川、ずっと昔は、藍染めの布をさらしたところというが、今は、ただの溝川にすぎない。

粗末な木橋で川を渡ると、少し行った左側に、真言宗の小さな庵があった。寺とも呼べない規模だが、これがどうやら頬焼薬師がご本尊の養善院のようだ。

どのような御利益があるかは知らぬが、門の脇に茶店があるところを見ると、存外に賑わうところであるのかもしれぬ。

そうこうするうちにも、もう薬師新道の突き当たりが見えてきた。

(なるほど、[高山道場]のすぐ裏手ではないか)

屋号までは見えぬが、三叉路の右の角地に、小間物屋らしい店構えがあった。

(さて……)

ここまできて、勘兵衛の足は鈍った。

(そう、せっかく、ここまできたのなら……)

手ぶらで帰る手はないな——。

では、さて——?

勘兵衛が考えついた手は、いくつかあった。

長屋の大家から話を聞くか、直接に、お吉の家族から話を聞き取るか……。

いずれにしても、現在の自分の風体《ふうてい》を考えたとき、「八丁堀の者だ」と名乗るには無理がありそうだ。

きょうは、一応は松田の役宅にも出向き、縣小太郎には真面目で大切な話もあったから、熨斗目《のしめ》とまではいかないが、無紋の羽織袴に菅笠、履物は、このところ愛用の二枚重ねに、白皮二石緒《にこくお》(二本重ねの鼻緒)の草履であった。

ところが町方の廻り同心の服装というものは、隠密廻りは別として、髷は小銀杏《こいちょう》、着流しのうえに、俗に〈五つ紋の羽織〉と呼ばれる黒羽織を〈巻羽織〉にしてと、どこまでも独特のふうがある。

しかも、紺看板の中間《ちゅうげん》を連れているはずだから、町方に化けるわけにはいかない。

それはそれとして——。

大家から話を聞くのは伝聞だから、できればお吉の家族から、直接に話を聞きたいところだ。

少し思案はしてみたが、どうにも適当な口実が浮かばない。

お吉が奉公をしている大名家の関係者を装うのはどうだろう。そして例えば、見舞い、というかたちをとる。

(これなら、あるいは……)

とも思ったが、その大名家がはたして稲葉家であるとの確信もない。

そんなかたちで、うかつに会えば、かえってボロを出して怪しまれかねない。

(えい、あれこれ考えておっても、埒《らち》が明《あ》くものか)

当たって砕けろ、だと決めた勘兵衛は、おそらくこの長屋であろうと思われる路地木戸の前を通りすぎて、「吉野屋」という小間物屋のほうに足を向けた。

大店ではないが、中規模の店である。

まずは軒看板の「吉野屋藤八」というのを確かめ、袖看板に書かれた〈御手持道具袋物　櫛《くし》　笄《こうがい》　簪《かんざし》　類〉で、扱い商品を確かめた。

「よし」

小さく声に出し、菅笠を脱いだのちに、勘兵衛は○に吉の字を染め抜いた暖簾をくぐった。

「いらっしゃいまし」

　さっそく、手代らしい男が声をかけてきた。

「ふむ。簪を求めたいのだが、なにぶん、こういうところでの買い物には馴れておらんのだ」

　いかにも、困ったような顔つきで言うと、

「はい、はい、それはわたしどもにおまかせくださいませ。ま、まずはこちらに……」

　上がり座敷の縁に座らされて、

「で、さっそくではございますが、失礼ながら、お相手のご年齢は、お幾つくらいでございましょう」

「十九に相成る。我が妻じゃ」

「ああ、ご妻女さまの……。それくらいのお年ごろでございましたら、ご予算にもよりますが、ええ、しばらくお待ちくださいませ」

　手代は、黒塗りの角盆を手に、あちらの棚、こちらの棚と、簪選びをはじめている。

　その間にも、小僧が茶を運んでくる。

「おう。すまぬな」

やがて、手代が選んだ数本の簪がやってきた。

いずれも華やかなものであったが――。

見たところ、玉簪や花簪といった類である。

「いや、いずれもなかなかに華やかではあるがなあ」

勘兵衛は、首をひねってから言った。

「武家の娘にはよかろうが、先ほども言うたように、我が妻が用いるものだからなあ」

「ああ、これは失礼をいたしました。御武家さまのご妻女ともなれば、平打《ひらうち》の簪というのが、もっとも無難でございましょう。特に銀平《ぎんひら》と申しまして、少少値は張りますが銀製の、もう少し安いものでしたら、銀の鍍金《ときん》のものもございます。いずれも円形、亀甲《きっこう》形、菱形、花形などの枠内に、透かし彫りや毛彫り細工で、さまざまな模様が入ってございますが……」

こちらの懐具合を値踏みするように、手代は言った。

「なるほどなあ」

そういえば……と、勘兵衛は、昨年に故郷で園枝との仮祝言をあげたときに、母がしていた簪を思い出した。

あれはたしかに、今手代がいうような銀平で、我が落合家の家紋が入っていた。

「その銀平で、定紋《じょうもん》入りというのはあるか」

「はい。多少はございますが、御武家さまの定紋は、なんでございましょうか」

「うむ。九曜《くよう》だが……」

「それはちょうど、よろしゅうございました。九曜なら在庫がございます。蔵までまいりますので、ほんのしばらくお待ちをいただけますか」

手代は、結界のなかの番頭らしい男になにやら告げて、いそいそと奥へ向かっていった。

家系によると我が落合家は、木曾義仲《きそよしなか》の後裔で、美濃の国、恵那郡《えなぐん》の落合というところが故地といわれ、代代が九曜が定紋の家であった。

待たされている間に六十に近かろうかという番頭がやってきて、

「定紋入りの銀平をお求めになる御武家さまも珍しくなりました。もしや、どちら様かのご紹介で、弊店をお選びくださいましたのでしょうか」

さりげなく、探りを入れてきた。

「いや、そういうわけではない。実はわたしは、この数年来、ほれ、隣りの［高山道場」に通っておるものでな。道場の行き帰りに、こちらの店の前を通って見知っていたわけだ」

「やはり、さようでございましたか。いえ……、実は……」

と番頭は、勘兵衛の腰のものに目をやって、

「ときたま、あなたさまをお見かけしたような気がいたしましてな。というより、失礼ながら、近ごろでは、とんと目にしなくなった、その長刀に目を奪われた、というほうが正直なところでございますが……。そのような業物《わざもの》を腰にしておられるところを見ると、よほどの腕前でございましょうな」

(ははあ、やはり、この刀では目立ちすぎるか……)

ちらりと、そんなことを考えながら、

「いやあ、まだまだ若輩者にて、とても、とても……」

ごまかそうとしたのだが、この番頭、

「失礼ながら、銘はございますか」

「うん。埋忠明寿《うめただみょうじゅ》の作だ」

「なんと、あの、埋忠明寿でございますか」

番頭の目が丸くなった。

あるいは、この番頭、元は武家だったかもしれない。あるいは、よほどの刀剣好きか——。

「いや、これはお見それをいたしました。わたしは、この店の主で藤八でございます。以後、お見知りおきくださいますようお願い申し上げます」

番頭ではなく、主であった。

主に名乗られてしまっては仕方がない。

「わたしは、落合勘兵衛と申します」

正直に名を告げた。

「ははあ、落合勘兵衛さま。心に留めておきまする」

ここらで話題を変える必要があった。

そこで——。

「いや、実は、近ごろ妻帯をいたしましたでな。それゆえ、新妻に簪をと思い立ったわけなのだ」

「それは、それは……。いや、それはおめでとうございます」

「ま、そういうわけなのです。ところで、きょう、久方ぶりに道場に立ち寄ったところ、こちらの裏長屋の娘御が近ごろ、髪切りにあったと聞いたのですが」

「はい、はい。お気の毒なことでございますよ」

「なんでも、どこかの大名屋敷に、ご奉公している娘御と聞いたのですが、それはまことでしょうか」

「はい。ご奉公と申しましても、女中奉公ではございませんが……、ほれ、ご老中の稲葉さまのところに下働きに出ている娘でございましてね」

（あたりだ……！）

「ふうむ。そうでしたか。いや、近ごろ、下谷や市ヶ谷あたりに、頻頻《ひんぴん》と髪切りが出没するとは聞いておりましたが、こんな町中にまで出てくるとなると、なにかと物騒なことでありますなあ」

「さようでございますよ。それで、もう、わたしどもでは、孫娘の外出などには、必ず供をつけるというような塩梅《あんばい》でございましてね」

首尾やよし、と思っているところに、手代が戻ってきた。

2

「お待たせをいたしました、こちらが九曜の銀平でございます」

桐箱から、今の今まで油紙に包まれていたらしい平打簪を、白絹の小布《こぬの》を使って取り出して、

「よろしければ、お手にとって御覧くださいませ」

と言う。

「しからば……」

小布ごと受け取り、じっくり眺めた。

やや楕円の銀生地に、裏表ともに毛彫り細工で九曜紋が入っているという、見事な品であった。足は二本ある。

その間にも手代の説明が入る。

「もちろん銀無垢ですが、足のほうは、鼈甲《べっこう》製でございますよ」

「ふうむ、なかなかに値の張りそうな品ですな」

元より、勘兵衛としては、冷やかしなどのつもりはなかった。

だが、故郷の母のものより、はるかに立派なのが気になった。

手代が冗談めかしていった。

「そりゃあ、まあ、行商の簪売りの品のように、一本が四文というようなわけにはいきませんがねえ」

するとと、主人の藤八が、

「これ、三助《さんすけ》、御武家さまに向かって、そのように失礼なことを申すではない」

ぴしゃりと叱られて、

「いや、これは口が過ぎました。平《ひら》にご容赦のほどを……」

三助と呼ばれた手代は、這いつくばるように謝った。

「なに、気にするでない。で、この品は如何ほどでしょうか」

「は、はい」

手代は顔を上げ、桐箱の底を確かめて、

「銀百二十匁《もんめ》でございます」

「ははあ、すると……」

銀貨で言うところをみると、下《くだ》りものということらしい。

このの ち、元禄《げんろく》十三年には、金一両の価値が落ちて、幕府の公定では金一両が、銀六十匁ということになるのだが、延宝《えんぽう》のこのころ、金一両は銀五十匁に相当する。

「ええと、二両一分二朱と五十文ということになりますが」

さすがに計算は早く、手代が答える。

すると間髪《かんはつ》を入れず、当主の藤八が言った。

「落合さま、お隣りの道場に出入りされているのもなにかの縁、また、御婚姻の祝いも含めまして、もしお求めいただけるようならば、二両ぽっきりでよろしゅうございますよ」

「ほう。そりゃあ、ありがたいな」

それでも高い買い物についたが、こんな機会でもなければ、この先、園枝に、このように簪を贈ることもなかろう。

「わかった。では、いただきましょう」

結局は、簪を買った。

それから半刻（一時間）ばかりの間をおいて、勘兵衛は、白壁町のほうから入って、再び薬師新道を北にたどった。

八ツ半（午後三時）を越えたころで、道では幼い子供たちが遊んでいるのが目立つ。

それから、そっと藤八長屋の路地木戸をくぐった。

以前に勘兵衛が住まった猿屋町の町宿は、片側長屋の奥にあったが、藤八長屋は両側に九尺二軒の長屋が並ぶという、典型的な裏長屋であった。

（と、いうことは……）

被害に遭ったお吉の父親は鋳掛屋ということであったが、居職《いじょく》の職人とは思えない。道具一式を肩に、外商いを営む者であろう。

どぶ板通路は袋小路で、方向からいって、突き当たりに見える木塀が［高山道場］のものらしい。

どぶ板通りの半ば近くに共同井戸があって、洗濯物をしている中年女がいた。見馴れぬ侍が入ってきたのを、ちらちらと気にしている様子だ。

「ちと、尋ねるが、ここに鋳掛屋の長平という者が住んでおろう」

「へ、へえ。それなら……」

すぐ斜め横の長屋を指した。

「そうか。すまぬな」

井戸端の女に礼を言い、教えられた長屋前に立つ。

「ごめん」

声をかけたのち、トントンと軽く、閉じられた腰高障子を叩いた。

「はーい」

女の声で返事があって、腰高障子が内から開けられた。

四十半ばか。

武家の客に訪ねてこられ、緊張した表情になっている。

「お吉どのの母御か」

まず勘兵衛はそう言った。

「は、はい」

「ふむ。娘御が思わぬ災難に遭われたと、きょうになって聞いたでな。見舞いの品を持参した次第だ。わたしは本邸のほうの者だ」

「ああ、さようで……。それは……、わざわざ……」

よほどに驚いたか、しどろもどろに答える。

「立ち話というのもなんだ。上がらせてもらってよいか」

「ああ、これは気の利かぬことで……。あいにく亭主は商売に出ておりまして、わっし一人でごぜえますが、どうぞお上がりを」

「では、失礼をする」

土間に履物を脱ぐと、さっさと六畳一間に上がり込んだ。

天井の明かり取りと、開いた入口の明かりだけで薄暗い部屋だ。

片隅に端布《はぎれ》や小盥《こだらい》に山盛りの数珠玉の実があり、まわりにお手玉が散乱しているところを見ると、女はどうやら、お手玉作りの内職中であったようだ。

女が土間横の水瓶あたりでごそごそしているのに、

「茶の支度などはいらぬ。時間もとらせぬので、こちらへまいられよ。あ、それから、入口は開けたままのほうがよかろう」

年齢は、そうとうにちがうが、男女二人きりということも考慮して、勘兵衛は言った。

「では、おことばに甘えやして……」

ほつれた髪をかき上げながら、女は板敷きに重ねた真蓙《ござ》に散らばるお手玉を、片側に押しやるようにして勘兵衛の前に座った。

「いや、さぞ、驚かれたことであろうな。些少ではあるが、これは見舞いの品だ」

鍛冶町の菓子屋で求めてきた、菓子包みを差し出した。包み紙のなかには、懐紙に包んだ二朱金を一枚、ひそませている。

「ああ、このようなものを、ありがたきことでございます」

「うむ。で、お吉どののほうは大丈夫であろうな」

「はい。幸いと言ってはなんですが、切られたのは元結だけで、傷ひとつつかず、その日は、この屋に泊まりましたが、次の日の朝からは、もう御屋敷のほうに戻ったはずですが……」

「ふむふむ。別邸のほうからも、そう聞いておる。ところで事件の当日だが、お吉どのが、この薬師新道まできたには、何用あってのことであろうな」

「ああ、それならば……」

　女は少し首を傾げたが――。

「実はご奉公先に、お吉を可愛がってくださるお嬢さまがおられまして、そのお方から、着古したものだけど、と小袖を譲られましたそうで。お吉は、それが嬉しくて、髪も島田に結い上げて、あの日、それをわっしに見せにくる途中に、あの災難というわけで……、あ、もちろん、里帰りのお許しは、いただいてのことでござんすよ」

「もちろん、そんなことを咎めだてにきたのではない。ときに、お吉どのは、いくつに相成ったかの」

「はい、二十二でござんすよ」

「そうか。で、お吉どのに小袖を譲られたのは、山口家の里美どのであったな」

「はい」

（ふむ……！）

「ところで、当方から町奉行所に問い合わせるというのも、なになので尋ねるが、犯人がつかまったかどうかは聞いておらぬか」

「はい。親分さんのお話では、髪切りをしたのは、どうやら若い遊び人ふうの男らしい、とは聞きましたが、その後はさっぱり、でござんすよ」

「そうなのか。ふむ、若い遊び人ふうの男、というのは、やはり、目撃者でもあったのだろうか」

「直接に見た者はおりませんが、ちょうど、その時刻ごろ、走り去る姿を見た者が、何人もいたとのことでござんすよ」

「ほう、そうなのか。いや、見舞いだけのつもりが、つい長居をしてしもうた。では、これで失礼をいたす」

聞くだけのことは、聞き尽くした。

3

その翌朝のことである。

「ふうむ」

勘兵衛の話を聞き終わって、松田は、大きな溜め息をついた。

そして言う。

「やはり、なにかあるなあ」

「そのようでございますね」

しかし、なお、その全貌は明らかにはならない。

というより、わからぬことばかりだ。

まあ、多少の推量ならば、あるにはあったが――。

勘兵衛は言った。

「ま、山口彦右衛門どのが、近ぢかに、仲人役の新高陣八さまの元にこられる、と言っておるのですから、それまでお待ちになってはいかがでしょうか。まあ、なにやら不都合が生じているにせよ、それを解決するのは、向こうさまの責任でございますからねえ」

「それは、そうじゃが……」

松田は、ちょっと首を傾げたのちに、

「それにしても、たった一日で、よくも調べ上げたものだ。いったい、どんな手を使ったのじゃ」

「いや、まあ、それはいいではございませぬか」

小間物屋で銀平《ぎんひら》の簪を買ったの、また、稲葉家の家臣を騙《かた》って、二朱金入りの菓子を見舞いに持っていった、などとは報告しづらいところがある。

で、そうそうに言った。

「では、縣小太郎の意向も聞き取りましたゆえに、わたしは、これから、西久保神谷町へ比企どのに会いにいってまいろうかと思います」

「そうか」

「ところで、ひとつご相談がございます」

「なんじゃ」

「はい。小太郎は、もちろん涙ぐんでまで大喜びしてございましたが、亡父の罪状の一件が気になるらしく、なにゆえ大野藩を致仕して江戸に出たか、そのあたりを気にいたしておりましてね」

「ふむ。そんなことは気にすることもない。よし、こういうことにしよう。縣家は我が大野藩において三百石、小太郎の祖父は中老まで務めた家で、小太郎の父は若くして御供番頭を務めて、将来を嘱望《しょくぼう》されていた人物だが、先の御家騒動に巻き込まれて、御役御免のうえ、半知の百五十石に落とされた。それで自暴自棄になって酒に溺れ、その態度、不埒なりと、さらに半知の七十五石にまで落とされた。それで鬱鬱《うつうつ》とした日日を送るうち、己の不甲斐なさを恥じて自害。もって、一子、小太郎は、縣家の家督を継ぐや、直ちに致仕し、新天地を求めて、この江戸に出てきた。な、これで十分であろう」

「ははあ、いやあ……」

こう、さらさらと、それも事実の都合のいいところばかりをつなげて……。

「いや。感心をいたしました」

「馬鹿をいうな。年の功、というやつだ。この件、あとでボロが出ないよう、小太郎にも十分、念を押しておくのだぞ」

「承知いたしました」

「ふむ。それからなあ。さぞ、比企どのもがっかりするであろうがのう。例の件も忘れずに伝えるのだぞ」

「承知いたしました。で、慰めにもなりますまいが、比企どのに、少し旨いものでも食わせてやろうと思います」

「おう。そうしてやれ」

「ところが、ちょいと軍資金が心細うなりまして……」

「いつも言っておるだろう。わしに、いちいち断わるまでもない。［伊勢屋《いせや》］に行くなり、陣八に言えばすむことだ」

「はい。それはわかっておりますが……」

もちろん、妻に求めた簪の代金は自前で払うつもりだが、つい後ろめたさもあって、勘兵衛は軍資金のことを口に出したのである。

御耳役は、江戸市中をめぐって、さまざまな人に会うのが役務だ。

その分、なにかと思わぬ経費がかかる。

蔵前にある老舗《しにせ》の札差《ふださし》である［伊勢屋］は、大野藩とは関係が深く、番頭の力哉《りきや》に申し出れば、無尽蔵とは言わぬまでも、自由に金を引き出すことができるようになっていた。

きのう、財布がずいぶんと軽くなったのを知った勘兵衛は、よほど［伊勢屋］に向かおうか、とも思ったのであるが、つい蔵前まで足を伸ばすのが億劫《おっくう》になったのである。

松田の金庫番でもある新高陣八に言うと、

「一本、それとも二本」

と尋ねてきた。

「いやいや、一本もござれば、あとひと月やふた月は」

「承知した」

一本とは、十両のことである。

「では、こちらにご署名を」

『御用金子《きんす》出入り帳』という帳面に、日付に金額を書き入れ署名をすると、

「はい」

すぐに十両の金が渡された。

久方ぶりに芝の切り通しを通り、西久保神谷町の松平直堅の借り屋敷を訪れた。なかに入ってしまうと、やれ、直堅だの、顔見知りの家臣だのが出てきて、うるさいことになりそうなので、門番に言いつけて、比企藤四郎を呼び出してもらった。

「やあ、どうした。入らんのか」

今年三十になって男盛りの比企藤四郎が、快活な声で言った。

近く直堅に一万石の知行地が与えられると聞いているせいか、張り切っている。

「いやあ、どうもな」

「なんだ、えらく元気がないな。多忙すぎて、疲れが出たのではないか。過日、愛宕下の御屋敷を訪ねたのだが、あいにくおまえは他出中であった。松田さまのお話では、若殿さまの供で、国に戻って江戸には戻ってきたばかり、ということであったが」

「そうなのだ。比企さんがこられたことは松田さまから聞いておる。それについて、ちょいと比企さんの耳に入れておきたいことがあるんだ。できれば、余人の耳に入れたくはない」

「ほう」

比企は、少し緊張した顔つきになったが、

「そうか。じゃあ、また、八幡《はちまん》さまの境内にでも行くか」

「そうしましょう」

西久保八幡は、松平直堅の借り屋敷からは斜め向かいにあたって、ごく近場である。

この八幡社は寛弘《かんこう》年中（一〇〇四～一〇一二）に源 頼信《みなもとのよりのぶ》が石清水《いわしみず》八幡宮から勧請《かんじょう》した、と伝えられている。

それを四十年ばかり前、三代将軍の家光が造営して、広い社地を持つ大八幡社に変貌したのである。

二人して八幡社に向かいながら、

「そういえば、あれは桜の花のころであったから、おまえとは半年ぶりになるか」

「そうなりますなあ」

西久保八幡にも男坂と女坂があるが、この春と同じく男坂の階段坂を黙黙と上り、鳥居をくぐって境内に入った。

高台の広い境内には、葦簀《よしず》張りの水茶屋が何軒かあるが、

「前と同じ茶屋にしよう」

南に飯倉《いいくら》や三田《みた》の町並を見下ろし、その先には海原が広がるのが見える位置にある茶屋へと、比企が先行した。

「前のときは桜湯だったが……」

二人床几《しょうぎ》に腰を下ろし、

「煎茶にしよう」

「では、わたしも」

それぞれ注文を終えたのち、

「や！」

比企が、笑いをこらえたような声を出した。

「どうしました」

「ほれ、あの吊り行燈を見ろ」

茶屋横には色づいた楓《かえで》の木と、若木の山桜が並んでいたが、楓の枝に〈お休み処〉と［かえで茶屋］の文字が入る吊り行燈を吊るしてあった。

「ははあ……」

　思わず勘兵衛も笑った。

　以前の桜のころにきたときは、山桜の枝のほうに〈お休み処〉と［さくら茶屋］の文字が入る吊り行燈を吊るしてあったからだ。

「どうやら季節ごとに、茶屋の名が変わるらしいぞ」

「じゃあ、さしずめ、もう少し経てば［雪見茶屋］などと変わるのでしょうか」

　勘兵衛も言い、二人して笑い合った。

4

「ところで一昨日のことだが、［千束屋］の政次郎さんのところを訪ねた」

　いきなり、残念な話を伝えるには忍びず、勘兵衛は、その話題から入った。

「そうか。［千束屋］には、式日やなにやらがあるたびに、いつも世話になっておるのだが、掛《かかり》がちがうもので、政次郎さんには長らくご無沙汰をしておってな」

　大身旗本並の家としては、式日などには行列を仕立てて、それなりの陣容で登城しなければならない。

となると、陸尺《ろくしゃく》手回りといった奉公人や、徒士、足軽などが必要となるが、それを常雇いするほどの余裕はない。

それは、比企のところのみならず、多くの旗本家や大名でも同様だが、［千束屋］のような割元に頼るのであった。

そのほうが、格段に安く上がる。

「ところで、お元気であられたか」

「うむ。まことにお元気そのものだ。ほれ、おしずどのの件で、祝いの品を持っていったのだが、どうにも複雑な心境だと漏らしておられた」

「そりゃあ、そうだろうなあ。いやあ、かかる事態になろうとは、俺も夢にも思わなかった。いやいや、めでたい話にはちがいないが、政次郎どのには、なにやら迷惑をかけたような気がしてならんのだ。一度、ご挨拶に伺いたいものだとは思っているのだが、おまえのように自由に飛びまわれない身の上でな。機会がござれば、よろしくお伝えくだされ」

「承知した。ところで、おしずどのには、健やかであられるか」

「うむ。順調そのもの。医師の話では来年の正月半ばごろには、ご出産の予定だ」

「そうか。安産であれば、よいのだがな」

「うむ、殿におかれてもな。永田町の日吉山王権現社《ひよしさんのうごんげんしゃ》が江戸城の鎮守で、将軍家の安産祈願所であると聞いて、御参拝のうえ、安産のお札を求めてこられた、という力の入れようじゃ」

「そうか、そうか。いや、実は、めでたい話に水を差すようで悪いのだがな」

そろっと、本題に入りかけた。

「ふむ。よくない話であろうな。なんとなく、そんな感じはしていた」

比企は手にした湯呑みを、床几に置いて、

「承《うけたまわ》ろう」

覚悟を決めたように言う。

「では、有り体《あてい》に申すのだが……」

比企が若年寄の堀田正俊から聞いていた、知行一万石が、合力米一万俵に変わったらしいことを、まず伝えた。

「ううむ……」

比企は小さく呻き、

「そうか。ぬか喜びであったか」

「とはいうても、一万俵で大名並になることにちがいはない。これは、松田さまがいわれたことだが……」

いずれかの地に知行地を賜わったとしても、その経営はむずかしく、ましてや人材不足の現在の陣容では、危険が大きいこと、などを受け売りした。

「ふむ。それは、そうであろうなあ。実は俺も、どこぞの僻地にでも知行地をもらったとして、さて、参勤交代の金がまかなえるかどうか。大いに危惧しておったのだ。なにしろ、元の……、いや、あの福井の大藩でも、参勤交代の経費捻出には大いに悩み、もう借金漬けであったからなあ」

元もとが越前福井の比企家は四百石の家で、父親は御先武頭《おさきぶがしら》を務め、隠居して一人息子の藤四郎が家督を継いで、御使番の職にあった。

それゆえ、そんな内情にも詳しいのであろう。

「そういう点から考えれば、一万俵で江戸定府であれば、参勤の金の心配もいらず、いや、かえって、そのほうがよいようにも思えるなあ」

意外や意外、比企は、なかなかに現実的であった。

「いや。比企どのが、そういうふうに考えてくださると、わたしも気が楽なのだが、もうひとつ悪い話がある」

「もしかして、屋敷か」

「知っておったか」

「いや。ただ、五千俵が一気に倍の一万石、いや、結局は一万俵か。そのうえ、拝領屋敷まで頂戴する、というのは、あまりにできすぎたような話に思えてな」

「これは稲葉老中からの情報だが、一万俵の話は酒井大老から出たので、まちがいのないところだ。で、屋敷のほうは、今のところ空きがないということでな。いずれは、どこか適当なところに賜わろう」

「そういうことか。いや、実はな。先日に幕閣から上使がこられて、また改めて通達をするが、きたる十一月三日には、上意下達《じょういかたつ》の儀、これあるをもって、準備おさお怠りなきように、との沙汰があったのだ」

「そうか。では、もうまちがいはあるまい」

「うむ。しかし、よくぞ知らせてくれた。もし、堀田さまの言を、そのまま信じて、知行一万石、拝領屋敷などと思い込み、のこのこ出かけていったならば、どのような事態に陥ったやもしれぬところだった。いや、ありがたい。殿や皆皆にも、前もって知らせて万全を期する所存にて……。いや、いつものことながら、このとおり礼を申す」

と、比企藤四郎は、深ぶかと頭を下げてきた。

それから、大きな溜め息をついた。

「やはり、悔しかろうな」

と、勘兵衛が言うと、

「いや。そういうことではない。ちと、俺が先走ってしまったということだ」

「先走ったとは？」

「ふむ。堀田さまから話をいただいて、やはり、頭に血が昇ったのであろう。俺が、これまで福井におる親父どのに、便りを出したことは知っておろう」

「ああ、聞いている」

「結局、親父どのからは梨《なし》の礫《つぶて》であったがなあ」

比企藤四郎が福井を脱藩したことで、比企家は改易《かいえき》になっていた。

それで藤四郎は、自分が仕える松平直堅が合力米五千俵を賜わることになったとき、父親に、この江戸に出てこないかと誘いをかけたのだ。

「今度は、知行一万石、さらには屋敷も拝領できるからと、再び、父に便りを送ったのだ。相変わらず返事は来ぬが、いや、これは、やはり早まった」

「ううむ……」

藤四郎の心中を思うと、ことばもない。

「ところでな……」

暫しの沈黙ののち、勘兵衛はことばを押し出した。

「恩に着せるつもりはないが、ひとつ頼みがあってなあ」

「ふむ。頼みなどと、水臭いことを言うな。俺にできることなら、なんでもやるぞ。遠慮なく言うてくれ」

「ありがとう。しかし、この茶屋で、これ以上の長居というわけにもいかぬ。そろそろ昼どきだし、ちょいと河岸《かし》でも変えて、うむ、なにか旨いものでも食いながら話を聞いてもらおうではないか」

「それは、よいが……。なにしろ、このあたりは、見たとおりの武家地と寺地ばかりでなあ。町はちょろっとしたもので、旨いものを食わせるような、ろくな店などないが……」

「そう言われれば、そうだなあ」

なにしろ、この西久保八幡社の北隣りは大養寺《だいようじ》という浄土宗の寺で、そのまた北隣りは但馬出石藩《たじまいずしはん》三万石の仙石《せんごく》家の江戸上屋敷、といった具合であった。

「お、そういえば……」

と、ふと勘兵衛は、芝の切り通しを通ってくるすがらに見た、一軒の店が目についたのを思い出した。

「たしか、青松寺《せいしょうじ》門前町あたりだと思ったが、名物穴子《あなご》飯と書かれた幟《のぼり》を見たのだが……」

実は、勘兵衛には、その穴子飯というのにある思い出があったのだ。

「ああ、その穴子飯屋のことなら聞いておる。つい最近にできたそうだが、なかなかに旨いと聞いたぞ」

「じゃあ、そこにするか」

「よし。久しぶりに旨いものにありつけそうだ」

比企藤四郎も、乗ってきた。

5

そこで八幡社の男坂を下りて北へ向かい、芝の切り通しに抜ける道に入った。

芝の青松寺は、愛宕下の上屋敷の正面あたりにあるが、その門前町は西久保にある。

角を曲がって一町（一〇〇《メートル》）ほどで、幟の立つ店先に出た。

道に面した造りではなく、両脇に植栽を置き、那智黒《なちぐろ》の玉砂利を踏んで入口に至る、という少し洒落《しゃれ》た造りになっている。

なるほど、木の香でも漂ってきそうな、新築の二階屋だった。

「お」

暖簾はないが、入口の腰高障子に［あき広］の店名を見て、思わず勘兵衛は声を出した。

「どうした」

「いや。ちょっとな……。まあ、入ろう」

腰高障子を開けると、

「いらっしゃいましー」

まだ十五、六の若い赤前垂れ、が元気な声で迎えた。

「お履き物を、こちらでお預かりいたします」

入口土間の隅にいた老爺が、声をかけてきた。下足番《げそくばん》らしい。

かなりの広さの入れ込み座敷に、ぽつぽつと、思い思いの場所に客がいた。

とりあえずは框を上がり、

「小座敷はあるかな」

尋ねると、下足番が履物の預かり札を渡しながら、

「はい。二階のほうに……。六畳の座敷でよろしゅうございますか」

「それで頼もう」

「部屋代が追加になりますが……」

「それで、かまわぬ」

「じゃ、およし坊、牡丹の間《ま》に頼みますよ」

履物を預け、およし坊と呼ばれた赤前垂れの案内で六畳の小座敷に案内された。

すでに座布団二枚が、適度な間隔で置かれ、それぞれの前には、足打折敷《あしうちおしき》が二膳ある。

折敷は四方に縁のある角盆で、それに足がついているのが、足付折敷、あるいは足打折敷というのである。

「お品書きは、こちらの壁にございます」

襖ぎわに両膝ついているおよし坊が言うので見ると、壁に張り紙があり、

穴子飯
松　百文
竹　八十文

梅　六十文

と、書かれている。

店造りのわりには、庶民でも十分に通える店のようだ。

「比企さん。酒ももらおうか」

「おう。久しぶりに酌み交わそう」

で、襖ぎわで待っているおよし坊に、

「では、松を二人前と、酒を頼もう」

「はい。お酒の量と具合は、どういたします」

「ここは銚釐かね」

「いえ、徳利を使っております。一合徳利と、二合徳利がございます」

近ごろ、徳利を使う店が増えはじめた。

「じゃあ、二合徳利を二本頼もう。わたしはぬる燗がいいが、比企さんはどうする？」

「俺もそれでいい」

「じゃあ、そういうことで頼む。ところで、ちょいと尋ねるのだが、この店は、愛宕山の崖下通りにあった［あき広］という茶屋とは関係があるのかい」

「ああ、それなら、愛宕山のほうを閉じて、こちらに引っ越してきたらしいですよ。あたいは、先月から雇われたので、詳しいことは知りませんけど……」

「やっぱり、そうか。うん。料理より先に酒が浸かったら、そちらから運んでくれるか」

「はい。まずは、お茶からお運びします」

言うと、襖を閉めていった。

「なんだ。存じ寄りの店だったのか」

比企が尋ねてくる。

「ああ、実は、わたしが初めて江戸へ出てきたときに、友人が案内してくれたのが愛宕山で、そこの崖下通りにある穴子飯を食わせてくれた茶屋だったのだ」

その友人とは、今は若殿の付家老をしている、親友の伊波利三《いなみとしぞう》であった。

「とにかく、旨かったのを、今も覚えておる」

「ほう、そりゃあ、楽しみだなあ」

と話しているところに、

「ちょいとお邪魔をいたしますよ」

先ほどの下足番らしい老人の声がして、襖が開いた。

「まあ、とりあえず、茶を運んでまいりました」

言って、湯呑みをそれぞれの折敷に乗せて、まずは茶瓶から比企の湯呑みに茶を注ぎながら、

「なんでも、愛宕山の茶屋のほうにも、お越しくださいましたとか」

「ふむ。そうたびたびではないが、何度かお邪魔をした」

「さようでございます。いえ、わたしは、その茶屋の亭主をしていた広兵衛《こうべえ》と、申す者でございます。これをご縁に、こちらのほうの店も、どうぞご贔屓にお願いいたします」

「そうだったのか。いや、崖下通りの、あの茶屋は、穴子飯が絶品だっただけではなく、風景も絶佳《ぜっか》で気に入っていたのだが……」

次には広兵衛、勘兵衛の湯呑みに茶を注ぎながら、

「はい。残念ではございましたが、寄る年波には勝てません。当店の穴子は、早朝のうちにわたしが仕入れてまいるのですが、そろそろ、あの坂道を上がるのにくたびれ果てるようになりまして、それを機に、息子夫婦に店を譲り、ついでに、お山を下りて、こちらに引っ越してきた次第でございますよ」

「なるほど、そういうことか。これは友人から聞いたのだが、こちらの本家は、安芸《あき》の宮島《みやじま》であるらしいな」

「はい。そのとおりでございます。店の名を［あき広］としましたのも、本家のある安芸に、わたしの名の広兵衛の一字をとったものでございますよ」

「そういうことか」

「はい。こちらで出します穴子は、品川より先の羽田浦《はねだうら》で獲れますもので、安芸の宮島のものより、はるかに味がようございます」

長長とおしゃべりをしてあいすみません、と広兵衛は詫びて、座敷を出ていった。

「いやあ、ただの下足番だと思っていたが、なあ」

そのうち、先ほどの赤前垂れが徳利を二本と、突き出しと猪口を持ってきた。

「まあ、まずは一杯」

互いに酒を注ぎあって、

「あとは、まあ手酌でいきましょう」

言って勘兵衛が盃を上げると、比企も盃を上げ、

「いやあ、こうして、おまえと酒を飲むのも、ほんとうに久方ぶりだなあ」

「いや、まことに」

突き出しは、どうやら焼き穴子と胡瓜を細かく刻んだものの酢の物であった。

「やあ、うまい。これはいけるぞ」

比企はそう言ったのち、

「ところで、頼みというのはなんだ」

「まあ、それは、穴子飯を食ってからのことにいたしましょう」

「それも、そうだ、せっかくの穴子飯の味がわからんでは困るからな」

そこで、あれこれ世間話をしているうちに、

「お邪魔をいたします」

穴子飯を運んできたのは、階段を上がるあたりの結界《けっかい》のなかにいた、三十半ばの女将と思える女性で、もう一人、料理着を着た四十がらみの男もいる。

「当店の女将をつとめます、みよと申します。義父《ちち》に聞きましたところ、愛宕山以来のお客さまとか、決して粗末には扱いませんので、以後、よろしく贔屓のほどをお願いいたします」

続いて、男のほうは、この店の新しい亭主で、広兵衛の倅の広一郎《こういちろう》だと、それぞれ挨拶をしていった。

「いやあ、よほど上客だと思われたのか、それとも、商売熱心なのか。これじゃあ、

ご近所のことだし、折折に、顔を出さねばなるまいなあ」

比企はそう言い、勘兵衛は勘兵衛で、園枝を一度連れてきてやろう、などとも思っていた。

さて――。

汁椀とともに運ばれてきた四角い重箱は、記憶のとおりだ。

蓋を取る。

飯を敷き詰めた上に、穴子の蒲焼きをそぎ切りしたのが、ぎっしり乗っている。

以前どおりだ。

ぷんといい香りが漂う。

「うーむ、うまい」

先に箸をつけて、比企が唸った。

勘兵衛も食った。

塩とタレで炊き込んだと思われる飯には、芹《せり》を刻んで混ぜ込んでいる。蒲焼きと芹の香りが絶妙であった。

比企が言う。

「福井で煮穴子を出す店があったが、この比ではない。いや、よい店を教えてもらった」

「気に入ってもらえて幸いだ」

さて、いよいよ勘兵衛は本題に入った。

縣小太郎について、概略のところを述べると、

「いや。勘兵衛どのの推薦する御仁ならまちがいはなかろう。なにより、そのように若い家臣なら喉から手が出るほどじゃ。というて、俺の一存というわけにもいかぬ。だが、必ずや、ご希望はかなえる」

「それは、まことにありがたい。その節には、もちろん、本人ともども、ご挨拶に上がるが、その前に顔合わせなどして、人品骨柄など見ておく必要はないか」

「ないない。どちらにしても、一万俵と決まれば、いやでも家士を増やさねばならぬからな。ただ、正式の仕官は、先ほども言ったように十一月三日過ぎ、めでたく一万俵と決まってからのことにしたいが、それでかまわぬか」

「もちろんだ」

「それから、せっかくの名家の出だから、できるかぎりの俸禄を頑張ってはみるが、まだまだ貧乏所帯ゆえ、あまり期待してもらっても困る」

「そのような無理は言わぬ」

「そうか。では、待たせてすまぬが、十一月三日を過ぎれば、当方から連絡を入れる、
ということでどうだ」
「わかった。なにぶん、よろしくお願いいいたす」
という次第になった。

江戸を遠く離れて

1

勘兵衛と比企藤四郎が青松寺門前町で左右に分かれた日から、五日の日が流れた。

九月二十七日のこの日は、霜降《そうこう》の節気にあたる。

「やっぱり、若狭の海は寒いのう」

ここは西津村《にしづむら》、海岸線ぎりぎりに建つ、半ば朽ちはじめたような漁師小屋で日高信義は、幾重にも首巻きをして愚痴た。

この小浜で、支藩の暗殺団が毒箸を作っているようだとの情報を得て、江戸屋敷の徒目付《かちめつけ》四人に混じって旅商人の衣装《いでたち》で江戸を発ち、急ぎに急ぎ十日ばかりで、この港町の城下町に入った。

すでに先行していた落合藤次郎と清瀬拓蔵《きよせたくぞう》の二人は、本小松原にある善教寺《ぜんきようじ》に一室を借りていたが、わずかに四畳半の部屋で、二人で手一杯であった。

その寺に、ほかに空き部屋もなく、新手《あらて》の五人は、とりあえずは旅籠に入り、急遽、藤次郎たちが、日高ほか五人の当面の隠れ家として探し出してきたのが、この朽ち果てかけた漁師小屋であった、

浜では、早朝から地引き網の掛け声が響き、また揚浜式《あげはましき》の塩作りも、非常にさかんなところである。

海中には、奇岩が連なり、というふうに書くと、なにやら興趣の尽きない風景に思えるのだが、海風が隙間風となって入ってくる、この生活環境は、年寄りの日高には大いにこたえた。

だから、暇さえあれば、木《こ》っ端《ぱ》を打ちつけて隙間を埋めるのだが、埋めたら埋めたで、また別の場所から隙間風が入ってきて、きりがない。

だが、暗殺団が隠れ住む町家からは近く、朝昼晩と、交替での物見に怠りはない。

そんな生活が、きょうで六日も続いていた。

暗殺団の首領は熊鷲三太夫《くまわしさんだゆう》、これは元は越前大野の藩士で、以前の名は山路亥之助といった。

それから、暗殺団の団員で竹内《たけうち》に金森《かなもり》、それと熊鷲の手下の条吉《じょうきち》に、若狭箸の職人である粂蔵《くめぞう》、その五人が偵察の目標である。

その五人が、一斉に動くということは、まだなかったが、毎日、浜から漁師や塩職人の姿が消える夕方になると、竹内と金森がふらりと浜に出て、奇妙な行動をとっている。

どうやら以前から餌付《えづ》けでもしていたのであろうが、二人が浜に現われると、どこからともなく野良犬が数匹集まってくる。

遠見ではあるが、どうやら箸を使って、餌を与えている。

ときには、箸を海水でじゃぶじゃぶやって、同じことをする。

そして、しばらく様子を見ているが、これといった変事も起こらず、やがて野良犬は消えて、竹内と金森の二人も肩を落として戻っていく。

(毒箸、いまだ成らず、というところだな)

当然のことに、そんな結論を得た。

そろそろ夕暮れが迫ろうというころ、町人姿の落合藤次郎がやってきて告げた。

「熊鷲と竹内と金森の三人、つい先ほどに［古河屋《ふるかわや》］前の［銀鱗亭《ぎんりんてい》］に入りました」

「お、そうなのか」

［古河屋］は小浜の豪商、古河屋嘉兵衛《かへえ》の屋敷で、北前船《きたまえぶね》での輸送販売も扱っているので、北前船屋敷などとも呼ばれている。

日高は、まだ入ったことはないが、その屋敷の向かいに船乗りたちを当て込んだ［銀鱗亭］という酒場があった。

その［銀鱗亭］が、ときどき熊鷲一味が向かう店だとは、日高は藤次郎たちから報告を受けていた。

藤次郎が言う。

「追いかけるように清瀬が［銀鱗亭］に入りましたから、いい席を確保しているはずです」

というのも町人に化けている清瀬拓蔵は、こういうときのためにと、しげしげと［銀鱗亭］に通い、そこの小女たちと仲良しになっていた。

「そうか。では、さっそくに［銀鱗亭］に向かおうぞ。というて、あまりに大人数だと目立ちもしよう、ふむ、佐々木《ささき》どの、黒岩《くろいわ》どの、それにわし、だ。それでよいな。藤次郎」

「もちろんです」

落合藤次郎は、故郷が同じだから、熊鷲に面が割れていないとはかぎらない。

漁師姿に化けている。

一方、日高に佐々木や黒岩たちは、漁師小屋に住む手前、怪しまれぬよう、ずっと漁師姿に化けている。


さて、日高たち三人が［銀鱗亭］に入って、きょろきょろしていると、十七、八の小女がやってきて、

「もしかして、拓ちゃんの、お客さん？」

（なに、拓ちゃん……！）

「ちがったかな。すぐに何人か、漁師さんたちがやってくると聞いたんだけど」

首を傾げた小女に、

「いや。そうだ、拓ちゃんと、ここで待ち合わせた」

日高が言うと、

「うん。じゃあ、奥の小部屋だから、案内するわ」

小女のあとについていくと、まちがいなく清瀬拓蔵がいる八畳ばかりの小座敷だった。

清瀬が、あれこれと注文を出し、小女が消えると、清瀬が壁ひとつ隔てた隣りの座敷を、そっと指でさした。

よほどに薄い壁だからか、油断でもしているのか、隣り座敷の声は筒抜けである。

（でかした。清瀬）

日高は、うなずくだけで清瀬を誉めた。

「わたしが……」

耳が自慢の黒岩が、壁ぎわに席を替わり、そっと壁に耳を寄せる。

だが、その必要もなさそうで、ちょうど酒と酒肴を運んできたらしい小女に、下卑た冗談が飛んでいるのが日高の耳にも届いた。

その小女も去った様子で、

「今宵は無礼講だ。思う存分に、飲んで食われよ」

まるで地獄の底から湧き出るような、音太《ねぶと》い声がする。

すると清瀬が懐から懐紙を取り出し、矢立《やたて》の筆で「熊」と書いたのを、みんなに見せた。

その声が、首領の熊鷲だった。

だが、うなずくより早く、同じ声がとんでもないことを言った。

「もはや、こたびの策は水泡に帰したと考えざるを得ない。もう、これ以上は無駄だ。今宵を、この地での最後の夜としよう」

「と言いますと、江戸へ戻るということか」

と、別の声。

「さよう。明朝には、ここを発つ」

「で、条蔵はどうします」

「知れたこと。あやつには、さんざんに振りまわされた。今夜じゅうにも俺が……」

声が途切れた。

だが隣室からは、小さなざわめきが漏れた。

おそらくは手刀で、「斬る」との動作がおこなわれたのであろう。

日高たちは、目を剝いた。

2

翌朝、一人の虚無僧《こむそう》が本小松原の町家を出た。

その孤影を追うように、一町ばかりも離れて条吉が行く。

そのまたあとを、大和郡山藩本藩江戸屋敷所属の徒目付、佐々木と黒岩が旅商人の姿に戻って尾行する。

虚無僧姿は熊鷲三太夫、熊鷲は昨夜の四ツ（午後十時）を過ぎたころ、若狭箸職人の条蔵を浜の松林近くに誘い出し、一刀の元に斬り伏せた。

さらにそのあと、熊鷲の手下の条吉が、提灯片手に条蔵の死体に近づき、近くの砂浜に穴を掘って埋めたところまで、日高一統の物見が確かめている。

残る暗殺団の竹内と金森も、敦賀《つるが》方面に抜ける若狭街道を西へ西へと向かっていて、こちらは日高や落合藤次郎ら五人が、前後しながら尾行した。

あと二日経てば、十月に入ろうというときである。


そのころ、元は越前大野藩の忍び目付であった服部源次右衛門《はっとりげんじえもん》は、藤兵衛《とうべえ》の名で越後高田にあった。

この六月初め、越前大野の地で、越後高田の暗殺団を殲滅《せんめつ》させたあと、源次右衛門は、断固たる決意の元に子飼いの斧次郎《おのじろう》と二人、越後の地をめざした。

その月のうちに、越後高田城下に入っている。

それから早くも三ヶ月の刻が流れた。

徳川家康の六男、松平忠輝《ただてる》が築いた高田城には石垣がない。また、天守閣もない。

これは寛文《かんぶん》の大地震のせいではなく、元からそうであって、目立つのは西南の角にある三重の隅櫓《すみやぐら》であった。

城主は、御三家に準じる〈越後中将家〉の松平光長《みつなが》、六十二歳である。

御本丸、二ノ丸、三ノ丸がある城は内堀で囲まれ、城の西を流れる青田川《あおたがわ》が外堀にあたり、外堀より内側は上級家臣団の屋敷町、その外側の青田川周辺が侍町で、それ以外が町人地と、厳然と区別されていた。

城の大手門は西にあり、西堀橋とも呼ばれる橋を渡って城中に入る。

そうやって入ってすぐのところに、小栗美作の屋敷はあった。

さて西堀橋の東の町人地は、まず職人町からはじまる東西に伸びる街区が三つ重なり、関川《せきかわ》からの支流である儀明川《ぎみょうがわ》の先にも二つの街区がある。

その先は水田、そしてさらに先には寺町がやはり東西に連なる。

ところで越後高田の街区の特徴は、各各の町家の庇《ひさし》を伸ばしてその下に通路を作る、いわゆる雁木《がんぎ》であって、この地が雪深いところと実感させる。

さて藤兵衛こと源次右衛門と斧次郎は、大手門からほど近い、上職人町《かみしょくにんまち》と上小町《かみこまち》の間を東西に通ずる道に面した、上小町側の町家に借家していた。

江戸は浅草にある菓子舗［高砂屋《たかさごや》］の隠居主従と、普段から隠れ蓑としている身分のまま住み着いている。

ただ、先祖が高田城下から近い川泉村の出身なので、先祖の供養塔を建立するための滞在、という口実を使っていた。

そんな源次右衛門主従が住む町家の、一本西の通りが、いわゆる高田城下の目抜き通りであって、呉服町や上小町、中小町《なかこまち》、下小町《しもこまち》といった、大店、小店が櫛比《しっぴ》する繁華街であった。

もちろん、その界隈には酒場や茶屋、料理旅籠なども多数あって、城下がりの武家たちの、恰好の息抜きの場となっている。

また職人町に開く安酒場などには、下級家士たちも、よく集まる。

土地柄や東西を問わず、人間、酒が入れば、ついつい愚痴やら憤懣《ふんまん》やらが口をつく。

源次右衛門と斧次郎は、連日、連夜のように、さまざまな酒場に顔を出し、そんな酔客たちの声に秘かに耳を傾けていた。

そんなふうに話を集めていった結果、家士たちの間で、小栗美作の評判が意外に悪いことを知った。

特に中級武士以上のものに、その傾向が顕著である。

源次右衛門の分析によれば、その原因は主に三つあった。

寛文の大地震で、高田の町は壊滅的な状況となったが、これを見事に復興させたのは、一《いっ》に小栗美作の能力で、美作が優れた能吏であることにまちがいはない。

ただ、大地震で疲弊した経済を立て直すために、美作は次つぎと改革を断行した。

その手始めが、従来の地方知行《じかた》を改め、蔵米制《くらまいせい》への移行であった。

それにより譜代《ふだい》の藩士は、土地領有という既得権益を奪われて、大いなる不利益をこうむっている。

その不満は、今もくすぶっている。

いまひとつは、美作による、強引とも思える人材の登用にあった。

つまりは能力さえあれば、門閥身分にこだわらず、軽輩や町人からも抜擢して、重要な役職に就かせたことである。

これまた譜代の武家たちにすれば、それでは武家社会の秩序が保てない、と多くの藩士が強い不満を抱いている。

いわば、守旧派と改革派の対立、といってもいいであろう。

だが、美作の人材登用は的を射て、越後高田藩の表高二十六万石は、内高で四十万石近くまで増加した。

それによって、美作は傲《おご》りたかぶるふうではなかったが、美作の嗣子《しし》である掃部《かもん》（のち大六《だいろく》）には、その母のおかんが藩主光長の腹違いの妹、ということもあって
——。

つまりは、中将さま（光長）の甥であるゆえ、御家門《ごかもん》並に扱い、外出の際には立傘、台傘を用い、辻や小路まで人を払って通行する、といった次第で、これまた譜代藩士たちの不興を買っている。

そういった状況は、やはり現地にきてみなければわからない。

源次右衛門は、斧次郎に言った。

「まさに守旧派と改革派の対立は、一触即発の状況にあるといえる。とくに守旧派の頭目は、先に次期藩主の選に洩れた永見大蔵長良と、美作のために霞んでいる、もう一人の家老の岡嶋壱岐《おかじまいき》の二人だ」

その危険性を美作自身も気づいていて、だからこそ美作は、大野藩の嗣子を暗殺してでも、永見大蔵長良を強引にも越前大野の養子に押し込もうと、酒井大老と謀った理由もはっきりとした。

そこで、両派閥の間に油を注ぎ、火をつける機会を窺っていたところ、思わぬ機会がやってきた。

越後中将家のご家門、すなわち親戚筋の地位にあるのは、これまでのところ、ともに四千石の永見市正《いちのかみ》家、永見大蔵家の二家だけであったところ、つい先日に、美作の嗣子の小栗掃部が二千石で御家門の一員に加えられ、名も大六と改名した。

「いよいよじゃ」

源次右衛門が、眼をぎらぎらと輝かせて言う。

「どのような策でまいりますか」

問うた斧次郎に、源次右衛門は言った。

「そうじゃな。こたび、小栗大六が御家門に加えられたのは、ほんのはじまりに過ぎず、ゆくゆくは光長さまの御養子として入り、さらには御家を乗っ取るための布石である、との怪文書を守旧派にばらまく」

「なるほど。しかし、光長さまは、すでに永見市正家から万徳丸を養子にとって、家綱将軍にも謁見し、一字を与えられ綱国を名乗って世嗣《せし》として認められ、現在は在府しておられるではありませんか」

「ふふ……。そのことなら伜に調べさせておいた。綱国は光長と折り合いが悪く、上屋敷を出て、下屋敷に移ったそうだ。そのような事情をも匂わせて、要は、守旧派を疑心暗鬼に陥らせることだ。あとは、なるようになっていこうというものよ」

言って源次右衛門は、小さく笑った。

さて、この策が功を奏したかどうかまでは、筆者にも語る術《すべ》はないが、やがて越後高田が〈お為方〉と〈逆意方〉の二派に分かれて、泥沼の御家騒動に発展していく端緒となった事件発生まで、あと三ヶ月とちょっとであった。

3

さて、江戸は愛宕下、大野藩江戸屋敷の江戸留守居役、松田の役宅では——。

「おい、勘兵衛。例の山口彦右衛門、まだ陣八がところに現われぬようじゃがのう」

「まだですか。ええと……」

勘兵衛は胸のうちで指折って——。

「わたしと八次郎が、稲葉さま別邸を訪ねて、もう八日……いささか遅うございますな」

「うむ。山口どのには、わしも二度ばかり、お会いしたが、それほどいいかげんな御仁には見えなんだものじゃが」

「はあ、それは［千束屋］の政次郎も言っておりました。融通が利かないほどの堅物らしゅうございますな」

「やはり、虫が知らせたように、なにごとかあったのかのう。いや、実はのう、あの平川武太夫には、国許に老母が一人おるのみであってな。それゆえ、しかと婚礼の日取りが決まったならば、この江戸へ呼び寄せて、という段取りになっておるのじゃが、そろそろ知らせてやらんと、まもなく雪になるでのう」

（そんな事情があったのか……）

しばらく静観するのがよいだろうといった手前、勘兵衛は責任を感じた。

「少し動いてみます」

言って勘兵衛が立ち上がりかけると、

「おい、催促にいくつもりか」

松田は、少し苦い顔になっている。

「いえ、なるか、ならぬかわかりませぬが、今度は搦《から》め手で動いてみます」

「なに。搦め手でか。ふうむ。じゃあ、まかせよう」

結局は、自分が動く羽目になった、と勘兵衛は、いささか不機嫌な思いにとらわれながら、江戸屋敷を出た。

勘兵衛が思うに、稲葉家別邸参番長屋の小女、お吉が遭遇した髪切り事件と、山口彦右衛門の出戻り娘の里美は、やはり無関係とは思えない。

お吉はその日、里美のお下がりの小袖を身につけ、わざわざ髪も島田に結って別邸を出た。

つまりは——。

里美とまちがえられて、襲われたとは考えられないか。

勘兵衛は、そんなことを漠然と推量していたものだが——。

さらに勘兵衛は、里美という女性とは、そのように何者かにつけ狙われるような、なにやら後ろ暗いところを持っているのではないか。

また、そういった里美の秘密を、家族たちも知っていて、だが、言うに言えない状況にあるのではないか。

そう考えれば、八次郎とともに別邸を訪れた際の、里美の母や弟の、先日の反応にも合点《がてん》がいこうというものである。

(待てよ)

勘兵衛は愛宕下通りを北に向かいながら、再び胸のうちで指折った。

先ほど松田に言ったように、築地の稲葉家別邸を訪ねたのが八日前——。

(で、薬師新道で髪切り事件が起きたのが……)

それは、いつだ?

記憶をまさぐっていると、小太郎が言ったことを思い出した。

——ああ、それなら日高さまが旅立たれた翌日のことでしょう。

たしか、そう聞いた。

すると――。

勘兵衛は、またまた記憶をまさぐる。

そう、あれは、見事に妻敵討ちを果たした坂口喜平次父子を、不忍池《しのばずのいけ》近くの浜松藩江戸屋敷まで見送った日のことであるから、九月の十一日。

勘兵衛が、築地の稲葉家別邸に向かった日よりも九日も前だ。

（いや、待て、待て……）

まもなくお堀に架かる新シ橋が目前というところまできて、ついに勘兵衛は立ち止まり、さらに記憶をまさぐる。

仲人役の新高陣八が、山口彦右衛門のところに出向いたが、話をはぐらかされた、と松田から聞いたのが、九月十七日。

ならば新高陣八が結納の日取りを決めようと、山口彦右衛門のところに向かった日は、おそらく、それより数日前ではないか。

（やはりな）

勘兵衛は、これまでぼんやりと推量していたことが、もうまちがいはあるまい、と確信できた。

そこまで思考したのちに、再び歩きはじめた。

自分が下げ渡した小袖を着て出かけたお吉が、髪切りに遭った。

それは自分とまちがえられて、そんな事件に遭ったのだ。

里美は、そう信じ込んだ。

信じ込むには、思い当たるフシがあったということだ。

そして、父母にも相談する。

その里美には、平川武太夫との縁談が進行中である。

となると、それがなにかはわからぬが、里美が抱え込んだ悶着を、先に解決しておかねばならない。

生真面目な山口彦右衛門は、そう考えたのではないか。

そこで、ついつい、結納の日取りなどを決めにきた新高陣八を、はぐらかす結果となった。

まずは悶着の解決が先だ。

山口は、そう考えたにちがいないが、いまだそれを果たせずにいる。

だからして、新高陣八のところへ顔を出せずにいる。

勘兵衛の読みは、そんなふうに進んでいる。

新シ橋を渡ったところは外桜田の御門外、大名屋敷の海鼠壁が、ずらりずらりと続くところであった。

左手に潮見坂のある、ひと筋目の十字路を過ぎ、二つめの十字路の先の左角が小田原藩の江戸屋敷、すなわち老中、稲葉美濃守の本邸であった。

門番に名を名乗り、御用人の矢木策右衛門さまにお取次を願いたい、と告げると、待つほどもなく一人の若侍がやってきて、

「拙者、矢木さまの手元役を務める栗坂光太郎《くりさかこうたろう》と申す者、ご案内をつかまつります」

と言う。

「これはご厄介をおかけする、わたしは落合勘兵衛と申します」

儀礼的な挨拶ののち、さっそく矢木の役宅に案内された。

勘兵衛は矢木に、突然の来訪を詫びたのち、

「かく、罷り越しましたのはほかでもございません。わたしどもの平川という者に、こたびは縁談の労をお取りくださいましたそうで、まことにありがとうございます」

「おう。あのことか。なんの、さしたることではないが、なにかござったかの」

「いえ、そういうわけではございませんが、お世話をいただきましたご納戸役の山口彦右衛門どのの御内儀の里枝さまが、こちらさまで馬口方を務めるお方の娘御とお聞

きしましたので、ひと言ご挨拶をと参上した次第です。ところが迂闊にも、そのお方のお名前を聞きそびれてしまったものですから、御用人さまに尋ねれば知れようか、と、かくお邪魔した次第です」

「ふーむ」

矢木は首を傾げた。

もちろん、我ながらおかしな口上だとは、勘兵衛も承知している。

そんな用なら、当の山口彦右衛門に尋ねるのが筋というものであろう。

だが勘兵衛は、もう一押しした。

「ご多忙の矢木さまに、つまらぬことで、お手を煩わせまして、まことに申し訳ないことを承知で、参上した次第です。是非にもお力添えをお願い申し上げます」

「わかった」

口にこそしなかったが、なにやらがあるな、とは矢木も覚った模様で、先ほどの若侍を呼ぶと、用を言いつけた。

「ま、しばらく待たれよ」

「ありがとうございます」

待つ間、矢木は、勘兵衛にそれ以上のことは尋ねなかった。

やがて手元役の若侍が戻ってきて言う。

「その馬口役なら、すでに鬼籍に入っており、跡取りは村井半兵衛《むらいはんべえ》という小納戸役でございます」

つまりは里美の母、里枝の兄か弟かということらしい。

「そうか。では栗坂、こちらの落合どのを、その村井の長屋まで案内して差し上げろ」

「承知いたしました」

さすがは、小田原藩の用人を務めるだけあって、矢木策右衛門は、あれこれほじくると、かえって御家の恥になる、と察したのであろう。

4

「こちらでござる」

栗坂光太郎が案内してくれた長屋は、やはり在府で家族持ち用の長屋のようであったが、別邸の参番長屋よりは、若干、間口が狭かった。

「では」

と行きかかるのに、

「もし、栗坂さま」

勘兵衛は引き止め、

「お手数でございますが、こちらの村井さまとは初対面にて、できますれば、お引き合わせを願えませんでしょうか」

もちろん、勘兵衛の訪問については、御用人も承知、と知らせるためだ。

「あいわかった」

栗坂は言うと、ドンドンと長屋の腰高障子を叩いて、

「矢木策右衛門さま手元役の栗坂である。お客人をお連れ申した。どなたかおられるか」

大声で呼ばわった。

緊張した顔で出てきたのは、五十に近い男であった。年ごろから察するに、里枝の実兄であるらしい。

「村井どのか」

「はい」

栗坂が問い、男がうなずく。

「こちらは、落合どのと申されて、そなたを訪ねてきた」

「はあ、落合どの……」

村井は、なにやら腑に落ちない表情になっている。

「では、たしかにお引き合わせ申しましたぞ」

「お世話をおかけしました」

また挨拶を交わして栗坂が去ったのち、

「山口里枝さまの、兄御どのでございましょうか」

「さよう」

「わたしは越前大野藩の落合勘兵衛と申します。きょう伺いましたのは、ほかでもございません。村井どののお姪御どのと、我が同輩の縁談の件についてでござる」

「あ……」

すると村井は、にわかに狼狽《ろうばい》して、

「ま、狭苦しいところではござるが、まずはお上がりください」

客間にも使われているらしい六畳の間に通された。

そして、開口一番に言った。

「里美は、たしかに、こちらに預かってござる。すぐにも呼びますほどに、しばしお待ちを……」

言って、あたふたと去る。

（やっぱり）

里美が狙われていると知ったら、父の彦右衛門は、どうするか。

おそらくは、いずこかへ身を隠させるだろう。

では、その先は――と、考えた勘兵衛の推量は当たっていた。

「失礼をいたします」

やがて声がして、覚悟を決めた様子の女性が座敷に入ってきた。

なるほど、美形であった。


小田原藩上屋敷を出た勘兵衛は、その足で下谷に向かうことにした。

行き先は、以前に里美が嫁いでいた、車坂門近くの御徒《おかち》七番組の徒士組頭、中川の屋敷であった。

「ふうむ……」

一旦、新シ橋を戻りながら勘兵衛は、溜め息に似た声が出た。

里美が語ったことを、そのままに信ずるとすれば、まことに気の毒にも思えるし、慨嘆せざるを得ない。

里美が嫁いだ中川喜十郎には、二人の弟がいた。

次男は喜平《きへい》といって、嫁いだ当時は二十歳、三男が喜之助《きのすけ》といって十七歳であったという。

問題は、次男の喜平で、当時から素行が悪く、上野広小路あたりを根城にする不良仲間の親分格となって、〈六阿弥陀《ろくあみだ》の喜平〉の通り名までとって、めったなことで屋敷にも戻ってこなかった。

通り名の謂われは、喜平たち不良仲間が巣窟にして暮らすところが、上野広小路、常楽院《じょうらくいん》長福寿寺《ちょうふくじゅじ》の裏手で、常楽院は北向き六阿弥陀で知られているからという。

そんな喜平は、ときおりは屋敷に戻ってきて、人目につかない機会でもあれば、これ幸いとばかりに里美に言い寄ってくる。

里美としては迷惑千万なことであったが、夫にも舅、姑にも、そんなことは話せない。

それをいいことに、喜平は、好機を捕らえては同様の仕儀に出る。

いわゆる横恋慕、いや横車を押す、という口だが、ある日、たまさかに、そんな現場を兄の喜十郎に目撃され、激しい兄弟喧嘩になった。

以来、喜平は再び屋敷に戻らなくなって、里美はほっと胸を撫で下ろしていたのであるが――。

好事魔多《こうじまおお》し、というが、それから一年も経たぬうちに、夫の喜十郎が〈そりの病〉で急逝した。

その訃報を、どうやって聞きつけたものか、喜平は再び屋敷に立ち戻ってきて葬儀にも出席し、

――兄上が、こうなったるうえは、この中川家を継ぐのは、わたしの責務にて、ついては、義姉《あね》ぎみには引き続き、わたしの嫁として中川家に残っていただきたい。

などと言い出した。

ところが、さすがに舅の中川喜八《きはち》は、

――おまえのような極道者に、我が中川家を継がせるわけにはいかぬ。跡目は、三男の喜之助に継がせるゆえに、顔を洗って出直してこい。

ぴしゃりと拒絶した。

里美は、夫の四十九日の法要ののち、

――あまりに早すぎて、薄情なようではございますが……。

と、舅、姑に暇《いとま》を願い出た。

なにしろ中川の屋敷と、喜平が屯《たむろ》している常楽院とは、ほんの五町（五〇〇メートル）か、そこらの距離でしかないから、いつ、どこでどのような目に遭うか、という恐怖が里美にはあった。

それで、まるで逃げるように里美は、実家である築地の御長屋に戻ってきた。

それから一年あまりは、なにごともなく過ぎていったのであるが……。

一旦、愛宕下に戻った勘兵衛の足は、堀端に沿って東に、幸橋《さいわいばし》を過ぎたのち、やはり堀端に沿って幸町（のち二葉町《ふたばちょう》）と丸屋町《まるやちょう》とを繋ぐ幅五間四尺（約一〇・三メートル）の土橋《どばし》を渡った。

そこから山下御門まで、まっすぐに伸びる堀端の道路は山城河岸《やましろがし》と呼ばれている。

（それにしても、喜平という男……）

蛇蝎《だかつ》のような、いやな野郎だ。

勘兵衛の内に、怒りとも呼んでいい感情が、今さらのように、沸沸と湧き起こってくる。

里美が、ばったりと中川喜平と顔を合わせたのは、今年の七夕も過ぎた立秋のころ、日本橋通二丁目の［柳屋］に、紅、白粉《おしろい》を一人で買いにいっての戻り道であった。

南伝馬町《みなみてんまちょう》あたりで、にわか雨にあい、里美は手近にあった一軒の茶店に飛び込んだ。

するとり、ずかずかと里美の席に近づいて、

──久しぶりだなあ。

どっかと、隣りに座り込んだ男がいた。

中川喜平であった。

里美は無視を決め込んだが、喜平は勝手に口説き続け、

──今じゃあ俺も、いっぱしの商売人になって、左うちわで暮らしている。贅沢三《ざん》昧《まい》をさせてやるから、俺の女房になってくれ。

などと言う。

茶店では、ほかの客たちもいるから、さすがに手は出さないが、里美は俯いたまま、ひと言も答えず、雨が小止みになるのを待って、茶店を飛び出した。

だが、それだけでは終わらなかった。

5

数寄屋橋《すきやばし》御門に近づいたころ、正午の鐘が鳴った。

そこで勘兵衛は、有楽原《うらくはら》に入り弥左衛門町《やさえもんちょう》のほうを窺うと、先のほうに蕎麦屋らしい立て看板が見えた。

そこで昼餉をとることにして、盛り蕎麦を注文した。

さて――。

尾張町《おわりちょう》に［かのふや］という呉服太物所《ごふくふとものしょ》があって、里美も里枝も内職に、そこの仕立仕事をまわしてもらっていた。

里美は、できあがった仕立物を届け、次の仕事の注文を受け取るべく、尾張町まで出かけたのは、ばったり喜平に再会した日から、初めての外出時であった。

［かのふや］で、いろいろ打ち合わせをして屋敷に戻るには木挽橋《こびきばし》を渡る。

――あっ！

思わず里美は血の気が引いた。

橋の袂で、にやにや笑いながら喜平が待ち受けていたのだ。

それ以来、里美は、外出の際には参番長屋全体で雇っている小女を、必ず供につけることにした。

だが、信じられぬ話だが、行く先ざきに、必ずといっていいほど喜平は姿を現わして、供の小女など無視して里美を口説き、

――なあ、里美さんよう。俺から逃げられるなんて思うんじゃないよ。地獄の底までも追っていって、必ず俺の女房にするからよう。

と、脅すのであった。

蕎麦屋を出た勘兵衛は、堀端よりひと筋東の道を、まっすぐまっすぐ北へ向かった。

下谷の車坂門までは、まだ一里以上ある。

（結局のところ……）

喜平の行為は、つきまとい、あるいはつけまわし、ということになるのだろうが、それにしても質《たち》が悪すぎる。

現代で言う、ストーカーにほかならない。

とうとう里美は、御長屋に引きこもって、外出をこわがるようになった。

ちょうど、そんな折に、里美に縁談が持ち込まれた。

里美と平川の見合いを手配したのは松田で、見合いの席は、八丁堀の南端、本八丁堀にある川魚料理の座敷であった。

里美は、そこにも喜平が姿を現わすのではないかと怖れたが、その日は父母も一緒だったということもあってか、なにごとも起こらず見合いはすんだ。

（そうだ。自分が再婚さえすれば……）

もう喜平に、つきまとわれることもない。

一も二もなく里美が、平川のところに嫁《とつ》ごうと決めたのには、裏に、そんな事情もあったのである。

（いや、このことは平川どのの耳には入れぬようにせねばな……）

などと、余計なことまで考える勘兵衛であった。

そうと決まれば、と里美は、勇気をふるって、ある決心をつけた。

いついつまでも、喜平から逃げまわってばかりいるわけにはいかない。

さるお武家と再婚をします、と喜平に引導を渡しておく必要がある、と考えたのだ。

といって、一人ではこわい。

そこで、弟の彦太郎に同道を頼んだ。

――よし。そやつ、ついでのことに懲らしめてやる。

弟は、木刀を持ち出してきた。

しかし……と、それを見て里美は思った。

過日の見合い席でも、父母と一緒だったとき喜平は現われなかったから、やはり、弟と同行ならば、同じことになるのではないか。

それでは、なんにもならない。

そう考えた里美は彦太郎に、自分は木挽橋を渡って大通りを北へ向かっていくから、おまえ、先に屋敷を出て適当なところでやり過ごし、少し離れてついてきておくれでないかい、と頼んだ。

さて、それだけの準備をして、里美は一人、屋敷を出た。

大通りを選んだのは、もちろん、たくさんの人目があって、それだけ危険性が少ないとの考えからである。

尾張町一丁目から新両替町へと里美は全身を針鼠のようにして歩いたが、なかなか喜平は現われない。

はたして、弟はついてきてくれているかと、あとを振り向きたいのを我慢して、とうとう京橋まできた。

そして、京橋を渡りながら考えた。

喜平は弟に気づいて、それであきらめたのだろうか。

京橋に続く南伝馬町を進みながら、もう引き返そうかと思いはじめたとき、

（あ……）

そろそろ南伝馬町も尽きようかというころ、前方に喜平の姿が現われた。

そこは、昔は東西に堀川が通って、中橋《なかばし》という橋が架かっていたそうだが、里美が

生まれたころには橋の西側が埋め立てられ、中橋の広小路というのができた。

ちょうど、そのあたりだ。

右手は入堀として残り、左手の広小路では、露天の店や、蝦蟇《がま》の油売りなどの口《こう》上《じょう》売りが集まる広場になっている。

覚悟を決めて、里美は喜平に近づいた。

そして言い放った。

――わたくし、このたび、さるお武家さまとの縁談がととのいました。それゆえ、これ以上、つきまとわれましても無駄でございます。金輪際《こんりんざい》、あなたさまとは無縁ゆえ、もう、おあきらめくださいな。

すると喜平は、にやっと笑い。

――ふうん。やっと口をきいてくれて嬉しいぜ。だが、前にも、地獄の底まで追いかけると言っただろう。おめえさんが、どこのどなたと再婚しようと、俺があきらめるわけはねえ。せいぜい、新しい亭主の身の無事を祈っておくことだな。

逆に言い放たれて、呆然となった。

そこへ、弟の彦太郎が駆けつけてきて、

――おまえが、中川喜平か。

――だったら、どうした。

――姉上を、これ以上、つけまわすようなら、この俺が許さん。

――ほう。どう許さねえ、というんだ。

さすがに真剣はまずいと考えたのか、中間《ちゅうげん》のように帯の後ろに閂《かんぬき》差しにしていた木刀で、彦太郎は喜平に向かっていった。

だが、次の瞬間には彦太郎は、するりと木刀をかわされただけではなく、首筋に手刀を食って、あっという間に地に転がっていた。

――おっ、喧嘩だ。喧嘩だ！

早くも異変に気づいた通行者たちが騒ぎはじめたときには、もう喜平は、雲を霞と消えていたのである。

そして――。

再び里美は御長屋に引きこもった。

どうしても必要な買い物は、つねづね可愛がっていた小女のお吉に頼んだ。

その礼もあって、里美は、お吉にお古《ふる》の小袖を譲ったのであるが、その小袖を着て出かけたお吉が髪切りに遭った。

すぐに喜平の仕業だ、と里美は思った。

喜平が、お吉と里美を見まちがえるはずはない。

ただ、里美の小袖を着て出たお吉を襲うことによって、喜平は里美に無言の圧迫を加えたのだろうと思われた。

どうやら喜平は、いずくかの近間で二六時じゅう屋敷を見張っていると思われた。

――このままでは、いかぬ。

お吉の事件があって、ついに里美の父も、問題の解決にあたろうと動きはじめた。

その前に、万一のことも考え、里美を母の実家で預かってもらおう、と言いだした。

二六時中の見張りといっても、まさか、夜も更けてまでとは思えない。

そこで夜を待ち、母の実家からも人を呼び、里美にも変装をさせ、一族で包み込むようにして、里美を外桜田御門外の本邸へと移した。

勘兵衛が、里美から聞き出したのは、ま、そういう次第であった。

三十間堀《さんじゅっけんぼり》の船宿

1

（ふむ、見張りか……）

たしかに、里美が出かける先ざきに喜平が姿を現わす、というのは奇っ怪なことであった。

それも、二六時中とはいかぬまでも、毎日のこととなると、喜平はよほどに執念深い性格なのであろうか。

有楽原から入って蕎麦屋を出た、勘兵衛がたどる道筋は、結局、西河岸《にしがし》のところで日本橋川に行きあたる。

左手には一石橋《いっこくばし》、右手には日本橋、勘兵衛は日本橋のほうを選んで、さらに北進する。

（そうか）

いかに執念深いとはいえ、一人の人間が毎日毎日、築地の稲葉家別邸を見張るということに、なにやら、もやもやとしたものを感じていた勘兵衛だが、今、ようやくにして、その謎が解けたような気がした。

過日、八次郎と稲葉家別邸を訪ねた折に、向かいの旗本屋敷に、異体《いたい》の輩《やから》が二人いたのを思い出した。

門番の話では——。

中間部屋《ちゅうげん》でおこなわれる博奕の見張りであろうとのことであったが、

（もしや、喜平の手下であったやもしれぬ）

そういうこともあり得る、と勘兵衛は考えはじめていた。

里美は、あのとおりの美貌であるし、これこれこういった、と特徴を教えておけば、見張りの手下は里美の外出を知り、二人いた見張りのうち一人が、それを喜平に知らせ、いま一人が里美のあとをつけて、行き先を突き止める……。

そんな図柄を頭に描く勘兵衛であるが、

（それにしても、あまりに大がかりすぎやしないか）

一方では、そんな疑問も湧き上がるのであった。

いよいよ筋違橋《すじかいばし》で神田川を越えた勘兵衛は、上野山下《うえのやました》をめざす。

これからたどる道筋は二ヶ月近く前に、小太郎とともに根岸に向かったときの道筋に、ぴったりと重なるものであった。

いつに変わらぬ賑わいを見せる上野広小路を、左手に不忍池を臨みながら進み、東叡山寛永寺の脇道に入ったあたりを山下という。

名のとおり、左手から迫りくる上野のお山の裾道であって、どんどん進めば千住《せんじゅ》にまで至る。

それで、日光道中とも呼ばれている道だ。

その山下に入ってすぐに、寛永寺の車坂門が左手にあるが、その向かい側に広がるのが御徒《おかち》七番組と十六番組の大縄地《おおなわち》であった。

徒士は一組に二十八人、それに組頭が二人いて合計で三十人、つまり、それぞれの大縄地の組屋敷は三十軒ずつあることになる。

ただ、全体の頭は、ここにはおらず、御徒七番組の頭を例にあげると三千石の旗本で、安藤傳右衛門定次《あんどうでんえもんさだつぐ》といって、屋敷は小石川白山馬場横《こいしかわはくさん》にあった。

（さてと……）

ずらりと並ぶ組屋敷だが、このころ表札などというものはない。また人影もなく、ひっそり閑としている。

時刻は、おそらく九ツ半(午後一時)ごろ、まだ昼餉をとっている家もあろう。

中川家は、二人いる組頭の家だから、敷地が多少は広かろうと見当をつけて、大縄地の通路を歩みはじめようとしたところ、横手からひょいと少年が出てきた。

「ちと、お尋ねするが」

「なんでしょうか」

「組頭の中川さまのお宅は、どちらでしょう」

「ああ、それなら」

これから塾にでも通うらしい、風呂敷包みを手にした少年は、南のほうを指さして、

「このいちばん奥、左手の屋敷が中川さまの御屋敷です」

「いや、ありがとう」

当主の中川喜之助は役務で出ていたが、御徒頭支配に入っている父親の中川喜八は幸い在宅していて、

「うーむ」

勘兵衛が、中川喜平の所在を確かめたところ、渋面《じゅうめん》を作って、うなり声を上げた。

そして——。

「越前大野藩の、落合どのといわれたな」

「いかにも」

「実は、今月になって二度も、同じようなことを尋ねにまいった御仁がござってな」

「ははあ、もしや、山口さま……」

「やはり、その件か。いやあ、あまりにしつこうて、当方としても辟易《へきえき》したる次第にて、山口どのにも申したのだが、あやつが、今、どこにおるのかなどは、まるで知らんのだ」

「………」

「山口どのからは、くどくどと事情を聞かされたが、いや、気の毒とは思いはいたすが、あの喜平は、とっくに勘当《かんどう》をしておってな。もはや、父でも子でもない」

「勘当でございますか」

「そうじゃ。長男を喪《うしな》い、三男を任官させたとき、喜平の勘当の届けは、きちんと役所にあげておる。されば、喜平をどのように処断なされようとも、当家とは、一切、関わりのないこと。さよう、心得られたい」

「なるほど。そういうことでござれば、これ以上、御家《おんけ》にご迷惑をおかけすることはございますまい。いや、お邪魔をいたしました」

礼をして、立ち上がった勘兵衛に喜八が言った。

「落合どの、余計なことながら、ひと言。あやつ、性格はねじ曲がっておるが、幼少のころより、剣だけは天稟《てんぴん》の才ともいうべきものがござってな。くれぐれも油断だけは召されまいぞ」

「ご忠言、ありがたく承りました」

なるほど、彦太郎の木刀を躱《かわ》し、瞬時に地に這わせるはずだ。

2

翌朝――。

勘兵衛は、久方ぶりに八次郎とともに松田の役宅に向かい、八次郎を新高陣八の御用部屋に待たせたうえで、松田にあらかたの報告をした。

「というわけで、中川どのの組屋敷を出ましたのち、連中が屯《たむろ》していたという常楽院あたりを聞きまわりましたが、やつらは二年ばかり前から、ぷっつり姿を消して、今は、どこにいるともわかりませぬ、と、近所の者が口を揃えます」

〈六阿弥陀の喜平〉と二つ名を持つ喜平が頭目《とうもく》格の一団は、御家人の冷や飯食いたちが寄り集まって、その数は、およそ十人ばかり、強請《ゆす》りたかりで、上野広小路あたりの鼻つまみ者たちであった。

だが、一応は武家の子弟ということもあって、町方も手を出せず、姿を消したことを喜びこそすれ、その行く末など、誰も興味を持ってはいなかった。

松田は言う。

「ふうむ。いや、里美どのも、とんでもない男に岡惚れされたものじゃ。しかも、そのしつこさときたら、大和郡山の本多政利なみじゃなあ」

「まあ、そういった人格も、あるのですなあ」

まこと、人間の気性ほど複雑なものはない。

「きょうは、はや、九月も末じゃしなあ……」

言って、松田は腕を組み、珍しく長考に及んだ。

この年の九月は小《しょう》の月で、きょうの二十九日が末日《まつじつ》であった。

勘兵衛は、きょう、松田への報告がすんだら、再び築地の稲葉家別邸に向かおうと考えている。

ほかでもない。

勘兵衛が、喜平の見張りではないか、と考えた、あのあたりには似合わぬ風体の二人が、きょうもいるかどうかを確かめるつもりだった。

そして逆に、きゃつらを見張り、戻っていく先を尾行していけば、〈六阿弥陀の喜平〉の居場所が知れるのではないか、と考えていたのだ。

「よし、こうしよう」

ようやく考えがまとまったか、松田は腕組みを解いて言った。

「よくよく考えてみれば、わしにも大いに責任がある」

「は？」

なんのことだろう、と勘兵衛は思う。

「平川武太夫が、殿の参府の供として、この江戸屋敷にきたのは、もう六年も前じゃ」

（そんなに……）

と、勘兵衛は思う。

「わしゃ、あの平べったい蟹のような容貌と、いかにも律儀そうなところが気に入って、わしの手元役ということで、ついつい便利に使うてきたが、思えば平川は故郷に老母一人を残したまま、もう六年も国表には戻っておらぬ」

「ははあ」

「わしゃ、そんな忖度《そんたく》もせず、こたびの縁談についても、平川のおふくろさまを、この江戸に呼び寄せて、こと足れりなどと考えておったが、こりゃあ、わしの得手勝手、それこそ手盛り八杯《はっぱい》という口だった」

「………」

「翻《ひるがえ》って思うに、武太夫を定府者と正式に決めた覚えもなし、武太夫のおふくろさまとしては、いつ伜は戻ってくるであろうかと、首を長くして一人、屋敷を守っていたはずじゃ。いや、わしとしたことが、とんだお門《かど》ちがいをしたものじゃ」

（なるほど……）

勘兵衛が江戸にきたとき、平川はすでに松田の手元役であったから、そういった事情までは勘兵衛も知らなかった。

「と、なればじゃ」

言って、うんうん、と松田は一人うなずく。

「今さらではあるが、武太夫の親戚縁者や友人も、おそらく国表におるはずじゃし、されば武太夫の婚儀は、国表において執り行なうのが筋というものではなかろうかの」

「ははあ、わたし自身も正式に定府の沙汰をいただいたわけではございませんが、故郷にて仮祝言、この江戸にて本祝言ということでございました」

「ふむ。そうであったのう。じゃが、まあ、こうせねばならぬ、という決まりがあるわけではない。なにしろ、その喜平とかいう狂人は、里美どのが嫁いだとして、その夫の身を害しようなどと仄めかしているのであろう。わしが言うのは、本質を正す、ということもあるが、一種の避難策でもあるわけじゃよ」

「なるほど」

「おまえの報告を聞いたところでは、里美どのが、どこそこの誰に嫁ぐ、と具体的なことを喜平に明かしたようではない。じゃが、里美どのの父親が、喜平の実家まで出向き、きのうはきのうで、おまえが行き、で喜平の父親は、里美の再婚相手が越前大野の家臣らしい、あるいはおまえかもしれぬ、とも考えたやもしれぬ」

（おい、おい。では、俺が喜平に狙われる可能性もあるわけか）

そりゃ迷惑な、などと勘兵衛は思う。

松田の話は続く。

「しかし、まあ、勘当した倅に知らせることもあるまい。仮に喜平が相手を突き止めたにしても、まさか越前大野まで追うこともあるまい」

まあ、たしかに、そこまではすまい。

「おっしゃることは、胸に落ちてございますが、さて平川どのが国表で婚儀を挙げたとして、そののちは、どうなさるお考えでしょうか」

「ふむ。なにしろ雪深いところじゃからなあ。雪解けのころまでは、のんびり国表で暮らしてもろうて、ふむ。頃やよし、という時期に、国表の屋敷を始末して、おふくろさまも同道して、今度こそ定府者の一家として戻ってきてもらおう。その間には、我が役宅そばに、新居を建てさせるでな。ということは、勘兵衛」

「は」

「それまでに、喜平のヤサを突き止め、なんらかの引導《いんどう》を渡しておかねばならぬ、ということだ」

「やはり、そういうことになりますか」

「なにも、おまえ一人に押しつけるつもりはない。これまでに聞いたところでは、その喜平という者、どうせ、まともな稼業とも思えぬし、叩けば埃も出る暮らしであろう。場合によっては以前のように、口実さえあれば、火盗改めに捕らえさせる、というのも一手だぞ」

「そうですね。まあ、幸いなことと言えば、喜平は勘当されておりますから、中川家に累を及ぼすこともございますまい」

「ふむ。ということになると、あまり時間もない。ちょっとドタバタするが、やらねばならぬことは山ほどにある」

「わたしも、精一杯、お手伝いをいたします」

「うむ、頼んだぞ。さて、まずは……」

という段になって、

「よろしゅうございますか。旦那さま」

襖ごしにかかった声は、松田用人の新高陣八のものだった。

「おう、ちょうど良い折じゃ。まあ、入ってくれ」

松田が答え、陣八が入るなり、つつつつ、と松田に近づき、

「実は、今し方、山口彦右衛門が訪ねてまいりました」

「なに」

きのう、勘兵衛は稲葉家江戸屋敷に向かい、里美から、すべてを聞き出している。

さっそく、そのことを、里美の母の兄が彦右衛門に知らせ、それであわてて飛んできたものと思われた。

松田が言った。

「ちょうどよい。山口どのを、こちらへお通ししろ。陣八、おまえも同席するのだ」

3

さあ、そののち、あれやこれやの行き来も激しく、松田は勘兵衛の父親の孫兵衛に仔細を記した書状を大名飛脚で国表に送り、またたく間に五日が過ぎた。

その日、十月四日の夕刻に、外桜田御門外の小田原藩江戸屋敷から二挺の駕籠が出た。

これは、松田の要請によって、小田原藩江戸屋敷の用人、矢木策右衛門の手配によるものである。

二挺の駕籠が向かった先は、築地の稲葉家別邸で、ほどなくして再び別邸を出ると、再び江戸屋敷に戻った。

駕籠で迎えられた人物は、里美の両親の山口彦右衛門と、妻女の里枝であって、矢木役宅の一室では里美が待ち受けており、そこで父母と娘は、久方ぶりの再会を果たしたことになる。

山口彦右衛門は、〈山月楼方〉の職務を嫡男の彦太郎に代行させることを条件に、休暇を許可されて、越前大野城下における里美の婚儀に出席することになったのである。

さて、翌早朝、愛宕下の江戸屋敷からは、旅支度を調えた平川武太夫に、仲人役の新高陣八、加えて道中の警護役に選ばれた目付衆二人の、併せて四人、それを見送るべく勘兵衛と八次郎、併せて六人が揃って屋敷を出た。

落ち合わせる先は新シ橋袂と決めてあり、

「では、頼んだぞ八次郎」

「はい」

一行が新シ橋袂に着くと、八次郎が新シ橋を渡って、小田原藩江戸屋敷に里美とその父母を迎えに行った。

平川武太夫が、平べったい顔をくしゃくしゃにさせて、

「落合どの、なにからなにまでのお心づくし、拙者、拙者……、このご恩、死んでも決して忘れませぬ」

などと、手をとらんばかりに言う。

「なんの、平川どの。すべては松田さまのご采配にちがいなく、わたしなど、なにも

しておりませぬ。故郷では、我が父が段取りを整えておるはずですから、どうか気になさらず、お甘えくださいこ」

するとと新高陣八が言う。

「それよりよ、平川どの。まだご婚儀も挙げられぬうちから、花嫁御寮と道行きとは、大いに妬《や》けるのう。ま、お手柔らかにお願いしますよ」

などと冷やかしたものだから、

「や、や……そのような」

武太夫は、まるで茹で蟹にでもなったように、顔を真っ赤にさせている。

やがて八次郎が、山口彦右衛門夫婦に里美、それから里美には伯父にあたる、村井半兵衛を伴って、新シ橋を渡ってきた。

それぞれに改めて挨拶を交わしたのち、勘兵衛は言った。

「では、まいりましょうか。とりあえず、わたしと八次郎が高輪《たかなわ》あたりまでお送りします」

山口家の親娘《おやこ》三人、平川武太夫に新高陣八、警護役の目付衆二人、併せて七人の一行は、東海道から美濃路に入り北国《ほっこく》脇往還へと、参勤の道筋を使って越前大野に入るのである。

「では、よろしくお願い申し上げます。お気をつけて」

と、頭を下げた村井半兵衛を背にして、計九人が愛宕下通りを南下していくと、江戸屋敷門前には、なんと松田の姿があった。

見送りに出たその姿を見て、新高陣八が言う。

「よほどに、武太夫どのを気に入られているようですなあ」

その武太夫、すでに滂沱《ぼうだ》の涙であった。

芝の田町《たまち》三丁目の三叉路のあたりに芝口門というのがあって、そこには高札場も設けられている。

当時は、ここが江戸の南の入口とされていたが、これより三十三年後の宝永《ほうえい》七年に、ずっと南の車町《くるまちよう》あたりに高輪大木戸が完成して移転した。

すなわち、膨張する江戸を示している。

それはともかく、勘兵衛たちは一行を芝口門まで見送ったのち、引き返そうとしたが、八次郎が、さかんに近辺に集まる茶店を覗き込む。

苦笑しながら勘兵衛が、

「団子でも食っていくか」

と、声をかけると、
八次郎は嬉しそうな顔になって、

「はい。ここまできましたら、やはりあいつを食わないと……」

あれは二年ばかり前のことになるが、長崎奉行の岡野貞明（酒井党）が江戸に戻る行列を、このあたりの茶屋で勘兵衛と八次郎が待ち受けたことがある。

そのとき八次郎が、一皿に三串のみたらし団子を十皿以上も食ったことは、今も勘兵衛の記憶に残っている。

「ときに八次郎……」

「はい」

「これを食ったら、その足で、我らは築地の稲葉家別邸まで足を延ばすぞ」

「はあ、しかし、それはいかなる用向きで」

「ほれ、覚えておるか。先日、我らが稲葉家別邸を訪れた折に、御門前に並ぶ旗本屋敷のひとつに、あのあたりには似合わぬ風体の男が二人おったであろう」

「はい。たしか門番が、中間部屋の博奕の見張りであろう、と話していたやつらですね」

「うむ。だがな……」

勘兵衛が自分のもくろみを説明してやると、

「いや、しかし、里美どののことは、これでもう解決したわけではないのですか」

「おいおい、八次郎、新シ橋からこちら、わたしが山口彦右衛門どのと交わしていた話を、まるで聞いておらなかったのか」

「はあ、まあ、聞くともなしに聞いてはおりましたが……」

不得要領《ふとくようりよう》な表情になった。

たしかに八次郎、里美の身に、どのような厄介ごとが降りかかっていたかなど、詳しいところは存知もよらず、の状況であったからやむを得ないところもある。

しかし、それにしても、いささか目先が利かない。

「中川喜平という名は、聞いたよな」

「は。なにやら、とんでもない野郎のようですね」

「ふむ。では、平川どのと里美どのが夫婦となって、江戸に戻るまでには決着をつけておく、と、わたしが言ったことは」

「はい、たしかに耳に……」

しばし沈黙した八次郎だったが、

「されど、お二人が、江戸に戻ってこられるのは、国表が雪解けの……、まだずいぶんと間《ま》がございましょう」

松田や勘兵衛の思惑では、およそ半年ほどは先になろう。

勘兵衛は、噛んで含めるような口調で言った。

「こういったことはな、なにごとも、早め早めに手を打っておくことが肝要なのだ。そのうち、そのうちなどと思っていたら、結局は抜き差しならぬ事態に陥ることもある」

「ははあ、よっく、心に留めておきまする」

さすがの八次郎も、勘兵衛のことばを説教と解したようだった。

4

（おや？）

三之橋を渡り、稲葉家辻番所のところを曲がるなり勘兵衛は、眉をひそめた。

勘兵衛が疑っていた、見張りの男が見当たらない。

（とんだ、眼鏡ちがいであったか……）

そう思いつつも、右手にずらりと並ぶ旗本屋敷の前を、ゆっくりと進んだ。

（いや、おる！）

ひとつめ、二つめと旗本屋敷前を通り過ぎたとき、勘兵衛は人の気配を感じとった。

三つめの旗本屋敷の先にも、まだ旗本屋敷は続くのであるが、三邸目と四邸目以降とは、南北に築地川畔に向かう道路で分断されている。

はたして——。

その道路を入ってすぐのところ、旗本屋敷の壁にもたれるようにして、二人の男が立っていた。

なるほど、ときおりは見張りの位置を変えるようで、そこなら、稲葉家別邸や、辻番所に詰める番人からは、目につかないわけである。

勘兵衛は、素知らぬ顔でそこを通過して八次郎に、

「まっすぐ行くぞ」

小声で耳打ちをした。

すぐ左手に、稲葉家別邸の御門が見えてきたが、そのまま通り過ぎる。

右手の旗本屋敷は、さらに四邸があり、裏の築地川沿いには六邸、合計で十三邸と、勘兵衛は、しっかり付近の地形を頭に入れた。

さて、勘兵衛たちが進む道は、行く手を尾張殿蔵屋敷で阻まれる。

のちには、その蔵屋敷と稲葉家別邸の間に稲葉家の土地を削って道路が通されるけれども、この当時、勘兵衛たちに残された道は、六邸目の旗本屋敷の角を右折して、築地川沿いに出るしかない。

そうやって出たところは三叉路となって、右に曲がれば先ほどの三之橋、左折すれば尾張殿蔵屋敷の前を通って、突き当たりに西へ架かる橋しか選択肢はない。

十数年のちの元禄のころに、三叉路のやや北に仙台橋というのが架かるのだが、まだこの当時はなかった。

そうして勘兵衛たちが渡る橋というのは、名すらない橋で、渡った先は木挽町《こびきちょう》七丁目から東の武家地であって、堀川を隔てて南側は、広大な甲府宰相浜屋敷、およそ限られた人物にしか使われない橋なので、名もないわけだ。

勘兵衛が、こうして名もない橋を渡ってみるには、それなりのわけがある。

行く先ざきに現われる喜平に、里美も、どうやら見張られているらしい、と感づいた。

そこで、いつもは使う三之橋は使わず、逆手の名もない橋を使ってみたことがある、と言っていた。

だが、やはり、喜平は現われたそうだ。

（なるほどな……）

先ほどに、旗本屋敷と旗本屋敷の間にひそんでいたのが見張りなら、御門を出てくる里美さえ目に入れれば、いずれの橋を使おうとも、結果は同じだったわけである。

もうひとつ、里美の言ったことがある。

稲葉家別邸には、正門とは逆方向の、庭園の先に裏門があった。

裏門前の海側には、安芸広島《あきひろしま》藩四十二万六千石の、浅野《あさの》家下屋敷があって、そちらの切手門と向き合うような位置の裏門だ。

里美は父に頼み、裏門のほうから外出したこともある。

やはり、結果は同じだった。

だから、そのあたりも確かめておく必要があった。

そちらにも、見張りがいなければならないことになる。

そこで勘兵衛は木挽町裏通りを、ぐるっと迂回して、再び二之橋を渡って築地本願寺通りに入り、右手の三之橋は渡らず、南北に流れる築地川沿いを、まっすぐ南下した。

元は両国西の広小路から近い横山町にあった西本願寺の別院〈江戸浅草御坊〉は、明暦の大火で全焼し、海を埋め立てた、この築地に再建がはじまり、ほぼ、その全貌を現わしつつあるが、今もまだ普請が続いており、築地本願寺として全体が完成するのは、これより二年後のことである。

その築地本願寺の山門前を過ぎると、本願寺橋があり、それを渡ると南小田原町の町人地に入る。

ところで稲葉家別邸の裏門から出ると、舟でも使わないかぎり安芸橋、というのを渡るほかは、どこへも行けない。

その安芸橋が、もう少し先にある。

安芸橋を渡ったあたりは川口町で、この一帯、周囲を水で取り囲まれている。

海側は鉄砲洲築地の名があって、町といい町家もあるが、安芸橋袂より先のほうでは、まだ護岸普請が続いていて人足ばかりが目立つ。

勘兵衛が足を止めたのは、二筋目の道路を越えたあたり、のちに波除稲荷《なみよけいなり》ができるあたりであった。

一町ばかり先の、安芸橋袂あたりを注視した。

「おるようですか」

八次郎が尋ねてきた。

「ふむ」

護岸普請の人足たちを目当てに、めしと安酒場を兼ねた小店がいくつかある。

勘兵衛に、一人の男が目に留まった。

安芸橋袂の、そんな小店の傍らに、なんと携帯用の胡床《こしょう》（腰掛け）を持ち込み、それに腰掛けて煙草をふかしている男がいた。

「あいつのように思える」

男は半纏を引っかけ、あたかも人足頭でも装っているようだが、いっかな動こうとはしない。

少し近寄って、さらに観察すると、胡床の下には風呂敷包みがあって、どうやら弁当や飲料水を準備しているようだ。

そこまでを確かめてから、勘兵衛は言った。

「八次郎、まもなく正午だ。どこぞで中食《ちゅうじき》でもとって、一旦我が家へ戻ろうか」

「え、よろしいので……」

「ふむ。日暮れる前に、もう一度出直せばすむことだ。そのとき、まだいるようなら、まちがいなく見張りだろう」

「ああ、なるほど」

こうして、一旦は露月町に戻ることにした。

5

初冬の太陽が大きく傾いて、そろそろ周囲が薄暗くなりはじめたころ——。

袷衣《あわせ》の着流しに、腰には脇差一本と、無役の御家人ふうを装ってきた勘兵衛と八次郎は、一人の男の跡を尾行しはじめた。

例の半纏姿の男は、勘兵衛たちが南小田原町に再び戻ったときも、相変わらず胡床に腰掛けていたから、やはり見張りのように思える。

勘兵衛主従が、手前の辻を入ったあたりの天水桶の陰に身を隠していたところ、例の半纏の男が左から右へと過ぎるのを見た。

日暮れが近づいて、引き上げるところらしい。

風呂敷包みが、午前中に見たときより嵩張《かさば》っているのは、携帯式の胡床を包み込んだからであろう。

怪しまれぬよう、かなりの距離を開けてつけていくと、なんと三之橋袂で、二人の男と合流した。

「やはり、まちがいはないようですね」

小声ながら、やや昂《たか》ぶった調子の八次郎に、

「うむ」

とだけ、勘兵衛は答えた。

合流した二人は、その風体から見ても、稲葉家別邸の御門前を見張っていた男たちであろう。

三人連れとなった男たちは二之橋を渡り、さらに木挽橋も渡ると、右に折れた。

「八次郎」

小さく声をかけ、勘兵衛は足を速める。

男たちが曲がった方向は三十間堀五丁目で、芝居小屋の［山村座《やまむらざ》］が建つ川向こうにあたる。

五丁目橋とも呼ばれる木挽橋を渡り終えて、勘兵衛が慎重に右手を窺うと、見失うことなく三人の背姿が見えた。

通りには、ぽつぽつと軒行燈に火が入りはじめている。

左手には商舗《しょうほ》や町家があって、右手の河岸には蔵が建ち並ぶ蔵地であった。

（おっ）

まもなく三原橋袂というところで、男たちが右手の蔵地に消えた。

消えたというより、河岸に建つ蔵ではない建物に入ったのだ。

近寄りながら確かめると、軒行燈には〔とよたま〕の文字、どうやら船宿のようだ。

そういえば、このあたりの河岸の名は西豊玉河岸と呼ばれ、向こう岸の河岸は東豊玉河岸と呼称される。

（そうか、このような近間《ちかま》に根城があったのか）

おそらく、この船宿に中川喜平もいるのであろう。

（いや、待てよ）

用心のため、立ち止まることなく勘兵衛は〔とよたま〕の前を通り過ぎ、三原橋を東に渡りながら観察をする。

船溜まりには猪牙舟三隻と屋根舟が一隻、船宿としては、中規模以下に思える。

あるいは、この〔とよたま〕、中川喜平の店ではないかとも思われた。

船宿は宿と称してはいるけれど宿屋ではなく、舟の貸し出しを生業《なりわい》としていて、遊里などが近いと、それなりの設備を備えているけれど、このあたりは遊里ではない。

おそらくは芝居町が近いので、芝居見物客を目当ての船宿と思われる。

（となると……）

迂闊に〔とよたま〕に入って聞き込むわけにはいかない。

そうこう思案しながら、三原橋を渡って入った芝居町とも呼ばれる木挽町通りに佇むと、ちょうど幕間の時間らしく、芝居小屋から芝居茶屋にかけて、なんとも賑賑《にぎにぎ》しいこと極まりない。

すでにとっぷりと日は暮れていたが、周囲は灯火で溢れている。

暮れ六ツの鐘は、日没から小半刻（三十分）ばかりのちに鳴るので、まだ鳴らない。

勘兵衛たちは、再び三原橋を渡った。

〔とよたま〕の向かいは藍玉問屋らしいが、すでに店の大戸を下ろしかけていた。

その隣りは帳屋《ちょうや》であるらしく、灯りを入れた四角な行燈看板には、〈もとゆい　紙いろいろ　らうそく〉と書かれていた。

店はまだ開いている。

帳屋というのは、帳面、紙、筆などを商う店で、用途に合わせて帳面の表紙に〈大福帳〉だの、〈奉加帳〉などと、その場で書いてくれる。

間口が一間あるかないかという、その小店に近づくと、謂《い》われはわからないが、店先には、帳屋の看板代わりの竹が立てかけてあった。

もっとも春には青青としていたはずの竹の葉は、今ではすでに枯れ落ちて、枝ばかりになっている。

「邪魔をする」

暖簾を分けて入って驚いた。

店番をしているのは若い娘であった。

それも一人きり。ほかには人影もない。

「いらっしゃいまし」

娘のほうも怪訝な声になっていた。

このような店の客といえば、商家か裏長屋のおかみさんあたりが客筋で、御家人に化けてはいるが、武家の客などめったにないことであったろう。

勘兵衛もとまどったが、

「提灯用の蠟燭《ろうそく》はあるか」

「はい。ございますとも。ええと、提灯用ということなら、三匁五分掛《さんもんめごぶがけ》で、よろしゅうございますね」

「ああ、それでいい」

「ばら売りもございますが」

「いや。箱でいただこう。何本入りがあるかな」

「十本入り、二十本入り、徳用の五十本入りというのもございます」

「では、二十本入りをいただこう」

「はい。しばらくお待ちくださいませ」

娘は立ち上がり、脇の棚から品を取り出してきて、

「お代は、百八十文になります」

「承知した」

勘兵衛は懐から紙入れを取り出しながら、

「ところで、つかぬことを尋ねるが、斜め向かいに船宿があるなあ」

「はい。〔とよたま〕さん」

「うん。あそこのご亭主というのは、どういうお人だい」

言いながら、一朱金を出すと、

「頂戴いたします。すると、釣り銭は七十文……」

引き出しを開け、銭を数えながら娘は答えた。

「〔とよたま〕の旦那さまは、六十を過ぎた千代蔵《ちよぞう》というお方で、おかみさんには先立たれ、あそこで船頭をしている倅夫婦に、あと、お孫さん……。残りの船頭さんは通いのようでございますよ」

言って、蠟燭箱の包みに、七十文の釣り銭を添えて差し出してきた。

「そうか。ところで、近ごろ、変わった様子は見えませんか」

言うと、娘は声をひそめて、

「もしや、お調べの筋でございましょうか」

と尋ねてきた。

そこで勘兵衛は、それに乗っかり、

「他言は無用ながら、あの船宿に、怪しき者の出入りありと耳にいたしてな」

「やっぱり」

娘はうなずき、さらに小声になって、

「あの船宿に、お紺《こん》ちゃんという十四になる小女がいるのですが……」

その、お紺ちゃんが、この帳屋にきていろいろとこぼす、と話は続いた。

七月の半ばごろ、〔とよたま〕の亭主の千代蔵のところに客がきて、月に十二両で食費込みで六人がとこの部屋貸しを頼まれて、喜んで引き受けた。

食事込みとはいえ、一人頭二両は破格で、いい小遣い稼ぎになると踏んだのであろう。

それで二部屋を貸すことになったが、それでお紺ちゃんの仕事は倍増した。

おまけに、その六人の男たちというのが、とても堅気《かたぎ》とは思えない連中で、卑猥な冗談を言ったりするものだから、お紺ちゃんはこわがった。

六人の内、三人は朝一番に出かけて、ときには交替もあって、夕方には戻ってくる。もしかして、盗人の一団ではないかと、お紺ちゃんが言う。

それも、もう二ヶ月近い滞在になるから、近所でも、だんだんに気味悪がる者が出てきている、と帳屋の娘だか、若い女店主だかは話した。

「そうか。で、その者たちの名は聞いておらぬか」

「いえ、そこまでは……」

と娘は首を振り、

「あ、そうそう」

と言った。

「部屋借りをしている六人の内の親分格は、五日に一度ほど、夕刻を過ぎたころ〈とよたま〉さんの猪牙を借り、深川まで行って、また夜中に戻ってくるって聞きましたよ」

「ふうむ。深川の、どのあたりであろうな」

「ええと……漁師町の……なんとかいう橋袂でいつも降り、そこで待っていると、やがて戻ってくる、というような話でしたが、そう詳しいところまでは、お紺ちゃんも知らないようでしたよ」

　一応の、手がかりらしいものはつかめた。

　勘兵衛は、箱入り蠟燭の包みを八次郎に渡し、七十文の釣り銭を紙入れに放り込みながら、

「くれぐれも、このこと他言はならぬぞ」

「承知いたしました」

と、緊張する娘の声を背に帳屋を出た。

「となると、また仁助親分に厄介をかけますかね」

　さっそくに八次郎が言った。

「そういうことになろうなあ」

　本庄（本所）、深川の両地区を縄張にする目明かし、［瓜の仁助］には、妻敵討ちの件で、つい先日にも世話になったばかりである。

「まあ、きょうのところは戻ろう」

「あれ、仁助親分のところには行かないんで」

「うん、こう続けさまだと、少しばかり気が引ける。それにもう日暮れた。出直すことにしよう」

実のところ勘兵衛は、この五日ばかり多忙を極め、その足で、きょうの調べに入ったのだが、さすがにくたびれ果てていた。

でも、そんなことは八次郎には言えない。

折良く、暮れ六ツの鐘が聞こえてきた。

蛤《はまぐり》小路の私闘

1

翌朝、勘兵衛は昨日の成果を、とりあえずは松田に報告しておこう、と愛宕下の江戸屋敷に向かった。

松田の用人、新高陣八はきのう、平川武太夫と里美の仲人役を果たすために、国表に向けて旅立っていたから、松田の役宅で勘兵衛を迎えたのは、陣八の長男で松田の若党を務める新高八郎太であった。

「勝手に通るよ」

言って、いつものように向かおうとした勘兵衛に、

「いえ。きょうは、まだ旦那さまは執務部屋には入られていません」

「ん……?」

「お疲れが出たのでしょう。まだ、居室のほうで休まれています」

「そうか……」

とんだドタバタ劇が続いて、勘兵衛もまた疲れたほどだから、老体の松田には、さぞこたえたのであろう。

「そういうことなら、出直してまいろうか」

「いえ、といって、臥せっているわけではございません。ちょいと、お尋ねしてまいります」

「ふむ」

八郎太が奥に去ったので、勘兵衛は式台の前で待った。

まもなく八郎太が戻ってきて、

「居室のほうに通られよ、とおっしゃっております」

「そうか」

居室といっても、執務部屋の隣りである。

「お邪魔をします」

勘兵衛が居室に入ると、松田は、まだ寝巻姿のままで床柱にもたれかかっており、

「きたか。なにやら気が抜けてしもうて、朝から、なにもする気が起こらんのじゃ」

松田が力なく笑った。

「お疲れが出たのでしょう。かく言うわたしも、いささか疲れました」

「さもあろう。いやあ、あっち、こっちと走りまわったからなあ。おまえも、二、三日は町宿で、のんびり体を休めておれ。ところで、なにかあったか」

「はい。昨日、平川どの一行を、芝あたりまで見送ったのち、例の中川喜平という破落者《ならずもの》について、いささか調べましたので、そのご報告でもと思いまして……」

「ほう。そりゃあ、さっそくご苦労なことであったなあ。で、なにかわかったか」

松田の背が床柱から離れた。

勘兵衛があらかたのところを説明すると、

「なんと、そのような近間に根城を構えておったか。それも、子分を五人も引き連れてなあ。ふうむ、そりゃあ、凄まじい執念じゃ。放っておいては、いずれは必ずや平川にも害をなそう。そのような男、闇から闇に葬るにかぎるな。なに、おまえが直接に手を下すことはない。手だては、わしが考えるによって、おまえは、いま少し、牙城というか、本拠地を探ってくれ」

俄然、松田は生気を溢れさせた。

「それにしてもなあ」

「は？」

「いや。いつものことながら、おまえの異能には驚く。こういうことを調べさせたら、まさに天下一品、余人では、こうはいくまいよ」

「それは、誉めすぎというものです」

「いや、いや、自分では気づかぬだけよ。それは、まあ、ともかく、先ほども言うたように、ここ二、三日は、園枝どのと二人、のんびりとして英気を養うことだ」

「ありがとうございます。そうさせていただきます」

「それにしてもよ」

「は？」

「いやな。中川喜平のことよ。船宿に部屋借りしてまで、きょうも、あすも、いったいいつまで稲葉さまのところの門前と、安芸橋の見張りを続けるつもりであろうな。知らぬが仏とは言うが、考えてみれば、ちと愉快じゃな」

言って、松田は、フォッフォッフォと笑った。

さて、では久方ぶりに園枝を二階座敷に誘って、のんびり、おっとりした時間を過ごそうかなど、楽しみにしながら露月町の町宿に戻ってきた勘兵衛であったが――。

刀剣を八次郎に預け、羽織袴を脱いで部屋着に着替え、園枝がそれを片づけ、としているうちに、

「ごめんください」

戸口のほうで声がする。

（や、あれは……）

つい先ほどに、松田の役宅前で別れたばかりの、新高八郎太の声ではないか。

（なにごとかあったのか……）

と、緊張していると、応対に出ていた八次郎がやってきて言う。

「例の坂口喜平次どのが、訪ねてきたので、こちらへ案内したとのことです」

ついひと月ばかり前に、妻敵討ちを果たした浜松藩士であった。

（やれやれ……）

せっかく、のんびりしようと思っていたのだが……。

「じゃあ、一の間にお通ししなさい」

入口を入って突き当たりの部屋を指定しておいた。

「坂口さまと、おっしゃいますと、例の？」

と確かめてくる園枝に、

「うん。浜松藩のな……。過日の礼を述べにまいったのであろう」

「では、さっそく茶菓の支度など……」

「ああ、茶菓は、おひさか、八次郎に運ばせるほうがよかろう。涙を呑んでご妻女を手にかけたお方だ。夫婦揃ってというのも、なんだか気の毒に思える」

「承知いたしました」

勘兵衛はおもむろに、一の間に向かった。

そこには、すでに熨斗目《のしめ》姿の坂口が平伏していて、

「すぐにも御礼に伺うべきところ……」

と、やりはじめたのを――。

「いやいや、坂口どの。そのようにしゃちほこばった礼など、いらぬことだ。ま、平らになされよ。見てのとおり、わたしも部屋着ゆえにな」

「では、おことばに甘えまして」

頭を上げた坂口に、

「ときに喜太郎さんは元気にしておられるか」

坂口の子で、七歳になる喜太郎が病で倒れなければ、坂口との縁は生まれなかった。

「は。おかげさまにて。ともども御長屋暮らしをしております。ときに、御礼の品と申すには、あまりに粗末で恥ずかしゅうございますが」

言って差し出されたのは、角樽の酒に、菓子箱、そして、油紙で包装した包み――。

「ええ、こちらは浜名湖に産する山葵を、浜松特産の米麹を使って製しましたる山葵漬けでございます。お口に合いますか、どうか――」

「ほう、それは珍しいものを。いや、遠慮なく頂戴いたします」

「いや、実は、この山葵漬けを国表から取り寄せるべく、品が届くのを待っておりましたゆえ、かく遅参した次第です」

と、再び頭を下げる。

そこへ、

「失礼つかまつる」

八次郎が茶菓を運んできて、坂口と、二言三言、ことばを交わしたのちに退出していった。

「そういえば、過日は、貴藩江戸屋敷の御用人の浜名さまが、我が江戸留守居役の元に挨拶にまいられ、結構な品を頂戴いたしました。どうか、坂口どのより、くれぐれもよろしくお伝えください」

勘兵衛が言うと、坂口は生真面目な表情になり、

「はい。もちろん、お伝えはいたしますが、実は我が殿より落合どのに、是非にも一献差し上げたいので、江戸屋敷までお越しください、と言《こと》づかってまいりました」

「え……」

「もちろん、落合どのの、ご都合よきときでかまいませぬ。日時をお決めくださいましたら、お迎えに参上いたします」

「やあ、それは、まことに、ありがたく、かたじけないお誘いでございますが、実は、さる事情からこのところ多忙を極めております。少し落ち着きましたら、当方より、坂口さまにお知らせいたしますので、勝手を申すようですが、いましばし、お待ちを願えませんか」

「ははあ、そういうことなら、仕方がございませんなあ」

とりあえずは、そうなった。

坂口は、取り急ぎいちばんに勘兵衛のところに御礼にきたが、きょうは、これから、しばしの厄介をかけた堀留町の町医者、乗庵のところと、本庄、二ッ目之橋近くの[瓜の仁助]のところにも挨拶に向かうから、と言って、はやばやと辞していった。

2

翌日――。

園枝が細長い風呂敷包みを、勘兵衛の前に置いた。

「せっかくの頂き物であったのに、すまぬな」

「いいえ、それより先日は、思いもかけず銀平《ぎんひら》の簪を、あなたから頂戴いたしまして、そのほうが、よほどに嬉しゅうございました」

「そう言うてもらえると、少しは気が楽になる」

「はい、あなた」

との会話を交わしたのは、ほかでもない。

先月の半ば、松田の元に浜松藩の用人がやってきて、練絹三反を頂戴した。

そして昨日には、坂口喜平次が礼にやってきて、そちらのほうからも頂き物をした。

坂口は、その足で乗庵のところ、[瓜の仁助]のところにも御礼にまわる、と言って戻っていったが、それで勘兵衛に気づくところがあった。

坂口が、無事に妻敵討ちを果たし得たのに、もちろん勘兵衛も助力はしたが、なんといっても仁助の助けがなければ、かなわぬところであった。

となれば、あの練絹を勘兵衛が独り占めするというのは、どこかがちがう。

さらに仁助には、引き続き、力を貸してもらう事態ができた。

そこで、練絹三反の内から二反を、仁助に渡さねば気がすまぬ、と思い定めたのであった。
二、三日は、のんびりするつもりであったのに、そう思い立ったら、すぐにも動かなければ気がすまぬのが勘兵衛の性《さが》で、
「おい、八次郎、そろそろ出かけるぞ」

声をかけたのが、五ツ半（午前九時）ごろである。

目明かしの親分のところに、羽織袴もなかろうと、この日も二人は、着流しに脇差一本の身づくろいで露月町の町宿を出て、

「途中、酒を土産に買いたいが、どこがよかろうかな」

と、勘兵衛は八次郎に尋ねた。

「さあて……」

菓子屋なら博覧このうえない八次郎だが、

「ううむ……」

と、唸る。

先日に政次郎のところに行くときは、南茅場町で求めたが、それなら遠まわりになるし、途中で目についた酒屋で求めれば、その分、八次郎に重い目をさせる。

と、八次郎が、

「そうだ。尼店《あまだな》のところに［亀田屋《かめだや》］があった」

「うん？　その尼店というのは、どこだ」

「はい。日本橋を渡ってすぐの室町《むろまち》一丁目のとっかかりのところで、江戸開府のころ、そこに［尼崎屋《あまがさきや》］という漆器店があったそうで、今も尼店と呼ばれています」

「ふうん。じゃ、そこにしよう」

さて、日本橋を渡った先には青物、土物の立ち売りや、魚の立ち売りなどが屯《たむろ》していて、それに客が群がり、殷賑《いんしん》を極めるといった状態であった。

そんななか、［亀田屋］は、でんと静かに建っていた。

「いらっしゃいまし」

迎えた手代に、勘兵衛は尋ねた。

「枡売《ますう》りもしてもらえるのか」

「もちろんでございます」

「あいにく、入れ物もないが」

「徳利も、通い徳利以外にも、各種、取り揃えてございます。といっても、いちばん大きいので二升徳利でございますが」

「じゃ、剣菱を二升いただこう」

「重いだろう。風呂敷包みは俺が持とう」

「大丈夫です。なんのこれしき」

八次郎は頑張り、やがて両国の広小路に出て両国橋を渡った。

やがて竪川《たてかわ》沿いの、二ッ目に建つ仁助の家の広い土間から声をかけると、例の竹に虎の大きな衝立の脇から、仁助の女房のおよしが顔を覗かせ、

「あらあ、きのうから千客万来、ささ、遠慮せずお上がりくださいな」

幸い、仁助は在宅しているようだ。

というより、近ごろは仁助にも手下（下っ引き）が、ずいぶんに増え、その手下たちが各所に散って、よほどの事件でも起こらないかぎり、仁助はでんと構えているらしい。

いつもの居室で、仁助は朝酒を飲んでいた。

足打折敷に並んだ酒肴の内に、山葵漬けを見つけた勘兵衛が、

「おう。浜松からの到来物か」

「へい、なかなかにいけますぜ。特に鼻の奥に、つんとくるのがたまらねえ」

「そうだな。昨夜は俺も、ずいぶんと酒が進んだ」

勘兵衛が言っている横で、八次郎は口をすぼめている。

八次郎の口には、あわなかったらしい。

「ということで、酒を少少、持参した」

「ああ、こりゃあ、すまねえな。遠慮なく頂戴いたしますぜ」

「で、こちらはな……」

風呂敷包みを引き寄せ、ざっと拝領の経緯を話すと、

「とんでもねえ。そんな御大名からの頂き物を、おいらなんかが受け取れるはずがねえ」

「そう言わず、およしさんの着物でも作ってやれ。もっとも生《き》の練絹のままだから、好きな絵柄に染める手間がいるが……」

と――。

「幼馴染みが、通塩町の［形屋《かたや》］ってえ紺屋《こうや》に嫁いでる。そこに頼もうよ」

　およしが言った。

「馬鹿を言うな。こんな大それた物は受け取れねえよ」

　そこで勘兵衛は言った。

「いや、受け取ってもらわねば、俺が困る。実は、またまた仁助親分の知恵を借りにやってきたのだが、それでは頼みづらい」

「ん……」

　仁助は、しばし考えたのち——。

「およし。なにをぼんやり突っ立っているんだ。ほれ、勘兵衛さんの酒や盃……ぼやっとしてるんじゃねえや」

「あいよ。ええと、八次郎さんは甘い物がよかったんだよね」

　およしは、いそいそと台所に消えた。

3

　詳しい話は言えないが、と前置きをして勘兵衛は、さっそく本題に入った。

「二年以上も前のことだが、上野は広小路、常楽院のあたりを根城にして、〈六阿弥陀の喜平〉を通り名にしている男の居場所を探している。こりゃあ、まだ、はっきりとしてはいないのだが、深川の漁師町近くではないかとも思えるフシがある」

「ふむ、〈六阿弥陀の喜平〉という名は聞かねえな」

仁助は首をひねった。

そこに、およしが酒と酒肴を運んできて、

「まあ、おひとつ……」

「ああ、これはかたじけない」

好みの、ぬる燗の酒を口に運んだ。

「漁師町近くと言ったよなあ」

仁助が言う。

「ああ、少なくとも五人くらいは子分を持っているはずだが」

「ふうん。〈六阿弥陀の喜平〉じゃあなくて、〈蛤《はまぐり》の喜平〉というのならいるが……、なんでも御家人崩れらしい」

「なに！」

中川喜平の特徴については、里美から、事細かに聞いている。

勘兵衛は言った。

「もしや、背丈は俺より少し低い、五尺五寸（一六七チセン）ほど、色白ながら、がっしりした体格で、ここんところに……」

と、勘兵衛は、自分の額の真ん中を指でさして——。

「黒子《ほくろ》がある、というのだが」

「まちがいねえ。そいつが〈蛤の喜平〉だぜ」

「なにをしている男だ」

「おう、岡場所の親父だ」

「岡場所……」

「そう。詳しい場所を言っておこうか」

「頼む」

「小名木川《おなぎがわ》に架かる万年橋は、ご存じですよね」

「もちろん」

「うん。じゃあ、こっちのほうから渡ったとして、大川べりに弥兵衛町というのがあって、杉浦政昭《すぎうらまさあき》という、勘定奉行をお務めの旗本屋敷がある」

「うむ」

「先に橋があって、上之橋《かみのはし》というんですが、そこから先が、いわゆる漁師町とも呼ばれるところ」

「うん、うん」

「でも、それなりに町の名がついておりやして、まず最初が二郎兵衛町《じろべえちょう》、中之橋というのを渡って籐左衛門町《とうざえもんちょう》、この籐左衛門町には横町がついていて、横町の奥には蛤稲荷（のち佐賀稲荷）というのがあるんでやすが、その稲荷裏にあるのが、その岡場所でござんしてね」

「ふうん。そんなところに」

「まあ、知る人ぞ知るといった、隠れ岡場所でござんすが、これには、話せば長い経《いき》緯《さつ》がありやしてね」

「ぜひ、聞かせていただこう」

「勘兵衛さんは、蓮《はす》っ葉者《ぱもの》というのは、ご存じで……」

「ふむ。ときおりは蓮っ葉女、などと耳にするが……」

以下は、［瓜の仁助］の話である。

上方《かみがた》の大きな商家ではどこでも、蓮っ葉者と呼ばれる女を雇っていた。

表向きは小女のように、風呂焚き、御膳運びなどをしているのであるが、諸国から仕入や販売の上客がきたときは、白粉《おしろい》を塗って客の布団に潜り込んでいく、という夜伽《よとぎ》の女に変身する。

さて、籐左衛門町に蛤取りの漁師で源兵衛《げんべえ》という者が住んでいたが、あるとき、上方の蓮っ葉者のことを聞き及んだ。

源兵衛には二人の妙齢の娘がいて、そこで源兵衛は、上方出身の江戸店をめぐって売り込み、首尾よく娘を蓮っ葉者として送り込んだ。

それが、五年ばかり前のことだという。

すると、意外にも蓮っ葉者の需要があって、近所に暮らす貧乏暮らしの漁師の娘の斡旋をしはじめて大いに当てた。

そのうち、奉公先の決まらない女たちを、遊ばせておくわけにもいかず、掘っ立て小屋みたいなのを建てて、自然発生的に岡場所らしいものが誕生した。

その私娼窟のことは、誰いうとでもなく〈蛤小路〉などと、呼ばれているらしい。

好事家《こうずか》、物好きというのは、どこにでもいて、珍しがって客も集まる。

ところが世智辛《せちがら》い世の中だから、やくざ者に、いつ乗っ取られないともかぎらない。

それで用心棒として雇ったのが、腕の立つ御家人崩れであった。

「それが、二年ほど前のことでしたが、それから半年と経たないうちに、当の蛤取りの源兵衛は土左衛門と名を変えて、大川の百本杭に引っかかっておりやしてね。殺《や》ったのは、その用心棒にちがいはねえんだが、なにしろ証拠がねえ」

「ふうむ」

「そのうち、どこから湧いて出たか、用心棒の子分たちが、十人あまりも集まってきて、あっという間もなく、源兵衛の蛤小路は乗っ取られちまった」

その用心棒が〈蛤の喜平〉と名乗りはじめたのも、そのころからで、それまで名前さえなかった小さな稲荷社は、いつしか蛤稲荷と呼ばれはじめたという。

「なるほどなあ」

十分すぎるほどに事情がつかめた勘兵衛は、聞いてみた。

「で、どうなんだ。そういう悪所を、本庄奉行たちは見過ごしにしておるのか」

すると、仁助はひらひらと手を振って、

「いや、そのあたり〈蛤の喜平〉に抜け目はありませんや。例の本庄奉行、中坊《なかのぼう》さまのところの同心の工藤《くどう》さまや、曽根《そね》さまのところの同心の桑田さまのところには、盆、暮れ、それ、なにがしと、たっぷり鼻薬が届いておりますし……」

少しばかり仁助は、面目《めんぼく》なさそうな声になって、

「かく言う、あっしのところにも、冥加金《みようがきん》と称して、月づき、かなりの額が届けられます。ですから、申し訳ねえが、あっしの手には負えません」

「なるほどなあ」

もちろん勘兵衛は、目明かしがどうやって稼ぎ、多くの子分たちを食わせているか、詳しいところまでは知らないが、なんとなく見当はつく。

目こぼし、なども、収入源のひとつなのだろう。

「いや、この件で、親分にどうこうしてもらおうなどとは、思っておらぬ。だが、もしかしたら、親分に入る冥加金が減ずる結果になるやもしれぬ。そのときは、どうか悪くは思わないでくれ」

「なに、そんなお気遣いは無用に願います。町方あたりのけいどう（賭場や私娼窟への不意の手入れ）で、栄枯盛衰は世の習い。どうってことはありませんや」

言って、仁吉はさらに続けた。

「ところで〈蛤の喜平〉が、勘兵衛さんと、どのような関わりがあるのかなどは聞きやせんが、ちょいと不思議なことに、その喜平、ここ二ヶ月ばかり蛤小路あたりに、顔が見えない。そんなことを手下が言っておりましたがねえ。あるいは、どこかで、別の悪だくみでもしているんでしょうか」

「さあてな」

勘兵衛としても、とぼけるほかはない。

4

勘兵衛が［瓜の仁助］を訪ねた日から、二日が過ぎた十月九日の夜、五ツ半（午後九時）は、とうに過ぎたころ——。

江戸の朝は早いから、武家も庶民も、町木戸が閉まる四ツ（午後十時）には、たいがいが就寝している。

勘兵衛夫妻も、一階奥の寝室に布団を延《の》べて、二人仲良く枕を並べた。

ちょうど、そのとき——。

ゆさゆさゆさ。

と、揺れがきて、

（お、地震か）

と思ったら、どーん、と腹にこたえる、かなり強い縦揺れを感じた。

「きゃっ！」

園枝が悲鳴を上げて、しがみついてきた。

勘兵衛は、その肩をしっかり引き寄せ、なおしばし様子を窺ったが、すでに揺れはおさまっていた。

勘兵衛は、素早く布団から出ると枕元の行燈《あんどん》の明かりを上げて、

「園枝、ほかに異常はないか。特に火の元を確かめるのだ」

「はい」

そのときには、八次郎も入口横の控えの間から飛び出してきていたし、二階からは、乱れた足音で、おひさや飯炊きの長助《ちょうすけ》爺も一階に下りてきた。

さて、このときの地震は房総沖が震源地で、現代で推定するにM8・0の規模とされている。

この地震では津波が起こり、陸奥岩城《むついわき》から房総半島、伊豆諸島から尾張にかけて、各地に大津波が押し寄せ、大きな被害を出している。

だが、情報伝達の遅いこの時代、勘兵衛たちは、そういったこととは露知らず、現代であれば東海道を行く、平川武太夫や里美たちの身を心配したであろうに、そんな気さえまわらずにいる。

だが、このとき、平川たちの一行は、駿河の海からは距離がある藤枝《ふじえだ》の旅籠に入っていて、なんの被害も受けていなかった。

陸奥岩城というのは、現代の福島県いわき市のことだが、岩城領内『慶天拝書《けいてんはいしょ》』と

題された記録集には――。

九日岩城大地震諸浜津波打上ヶ

との当時の記述が残る。

さて、勘兵衛たちを驚かせた、その夜の地震も、翌日明るくなってから仔細に点検したところ、これといった被害はなかった。

たまさか、昼近くから雨が降り出したが、幸いなことに雨漏りもない。

「いやあ、昨夜は、よく揺れましたなあ」

道行く人びとも傘ごしに、そんな挨拶を交わしている。

そして、また、一日が過ぎ、次の日も夕刻に近いころ――。

露月町の町宿に、［瓜の仁助］が姿を見せた。

「どうした。なにかあったか」

「へい。先日にお話ししました蛤小路に、〈蛤の喜平〉が姿を現わしたもので、とりあえずはお耳に入れておこうと……」

「そうなのか。それは、わざわざすまなかったなあ」

「へい。ほれ、一昨夜、どーんと大鯰《おおなまず》が暴れましたでしょう」

この当時、地下で大鯰が暴れて地震が起こる、という民間信仰があった。

「なにしろ、蛤小路ってのは、掘っ立て小屋に毛の生えたようなところで、あんなちゃちな鯰一匹で、あちこち損壊したらしいです。それを聞きつけて〈蛤の喜平〉も戻ってきたようですぜ。そして、きのうの昼ぐらいから、雨だというのに、大工を掻き集めての補修普請の陣頭指揮で、へん。立派なもんだ。もう今夜から営業を再開するそうですぜ」

と知らせて、帰っていった。

（そうか）

あの〔とよたま〕から引き上げたか、どうかまではわからないが、今なら喜平は、蛤小路とか称する私娼窟にいるようだ。

（しかし……）

松田は、場合によっては、火盗改めを使ってでも、と匂わせたが、私娼窟となると、そうもいくまい。

火付けに盗賊、賭博が火盗改めの権限で、江戸で唯一官許の吉原以外の、遊女、売笑婦の取締りは、町奉行所と、本庄や深川ならば本庄奉行の管轄となる。

だが、仁助の話からすると、本庄奉行は動きそうにない。

また、町奉行所のほうでも、めったに動いたという話は聞かない。

さて、ならばどうする。

そんなことを、ぼんやり勘兵衛は考えはじめた。

松田は、手だては自分が考える、と言ってくれたが、できれば自身の手で始末をつけたい気もする。

（いや、いずれにしても……）

中川喜平の本拠地を突き止めたら報告しろ、と松田から言われていたことを、勘兵衛は思い出した。

仁助の話から、おおむねのところまではつかんだが、まだ自分の目で確かめたわけではない。

ここはひとつ、蛤小路、というものを、この目で見ておくべきではないか、と勘兵衛は思いはじめた。

松田に報告するなら、そのうえのことである。

もちろん、この目で見るといっても、そのような私娼窟で遊ぶつもりなどなかった。

ちょいと近間で、様子を窺うだけのつもりだが、園枝の手前、おかしな誤解は受けたくなかった。

問題は、八次郎の口の軽さで、できれば八次郎には知られず、隠密のうちにすませたい。

(いかん。うずうずしてきた)

庭を見ると、もう、とっぷりと日が暮れて、夕餉も近い。

(これから、出かけるとなると、園枝はともかく、八次郎が怪しもうな)

なにしろ八次郎は、蛤小路のことも聞いているし、先ほど仁助がきたことも知っている。

(必ずや怪しもう)

仕方がない。

明日のことにしようと、勘兵衛は、身内に湧き起こるうずうずを抑え込んだ。

5

「八次郎」

八ツ（午後二時）どきになって、勘兵衛はおもむろに八次郎を呼んだ。

「なにか、ご用でございましょうか」

「いや。用というわけではないが、おまえのお父ぎみは、平川どのの仲人のために国表まで旅立って、おそらく今年じゅうには戻れぬであろう」

「はあ。どのような段取りになるかもわかりませぬから、あるいは、そうかもしれませんなあ」

「すると、お母ぎみも寂しいというか、どこか不安な日日を過ごされておられるかもしれぬ。おまえ、きょうあたり。お母ぎみを慰めに行ってきてはどうだ」

「え、かまいませぬか」

八次郎に喜色が浮かんだ。

「うむ。なんなら、きょうは、あちらに泊まってきてもよいぞ。たまには、親孝行でもしてこい」

「では、そうさせていただきます」

体《てい》よく、八次郎は追っ払った。

岡場所、私娼窟の類《たぐい》は、明るいうちも営業をしているのであろうが、蛤小路とやらの様子を窺うに、やはり明るいうちはまずかろうと思う。

仁助の話からは、なんとなく辺鄙な土地柄のように思えるし、そうそう人通りがありそうな場所とも思えないから、かえって怪しまれそうだ。

やはり、日暮れてからが、よさそうに思う。

それに〈蛤の喜平〉には、十人からの子分がいると聞くし、万一の場合の準備も必要であろう。

そう考えて、勘兵衛は、埋忠明寿の長剣の手入れを念入りにし、また念のために、襷《たすき》の紐も準備した。

（これで良し）

それから園枝には、

「少しばかり務めがあってな。夕刻になれば出かける」

とだけ言って、七ツ（午後四時）の鐘を聞いてしばらくのちに、町宿を出た。

蛤小路には、とっぷり陽が落ちたのちに着きたかったので、芝口橋を渡ったところの出雲町で蕎麦屋に入り、早めの夕食を兼ねて時間を調整する。

そのあと、木挽町の馴染みの船宿に入って、提灯と舟を借りた。

無灯での夜間の通行は、江戸では禁じられていたが、以前はさほどにうるさくもなかったのに、近ごろは、ぐんと厳しくなった。

月明かりや、町灯りで、提灯など必要がなくとも、容赦なく自身番に引っ張られる光景が、あちこちで目につくようになった。

町方の小者たちなら、武家には手を出さないが、火盗の付き人（岡っ引き）だと武家にも容赦はない。

御目付に届けますぞ、と恫喝《どうかつ》して、小遣い銭をせびろうという口だ。

勘兵衛としては、そのような悶着は避けておきたい。

「どちらへ着けましょう」

船頭が聞いてくるのに、

「万年橋の南に、上之橋というのがあるそうだが、知っておるか」

「はい。よぉく」

「急がずともよい。ゆっくりやってくれ」

「へい」

勘兵衛を乗せた猪牙は、そろそろ陽の傾きはじめた三十間堀を北へと進む。

八丁堀に入る手前で、猪牙を岸べに寄せてから船頭が言う。

「船提灯に、火を入れさせていただきやす」

「うむ」

船提灯に灯りが入って、再び舟が動きだす。

八丁堀を抜けて左に霊岸島、右手に石川島というあたりまできたときには、もう日没だった。

さて、ここからは大川を遡ることになる。

勘兵衛は上流のほうを眺めて、船頭に尋ねた。

「おい。なにやら賑やかだなあ。川開きでもあるまいに」

あれは、中洲のあたりだろうか。

天候の加減か、大川には川霧が発生しはじめて、ぼんやりとしか見えないが、どうやら屋形船やら、屋根舟などが多数出て、船縁には提灯を並べ、笛や太鼓の音まで届いてくる。

「ああ、ありゃあ、伊勢踊りでござんすよ。ご町内での伊勢踊りが禁じられたと思ったら、今度は、この大川にまで浮かれ出てきて、ああやって明け方まで大騒ぎ。そのため通行も滞って、あっしらには迷惑な話でござんすよ」

「ははあ、あれが、伊勢踊りというものか」

話には聞いていた。

まだ勘兵衛が、越前大野から江戸へと戻る旅路の途中、七月半ばごろから、江戸では伊勢踊りが流行しはじめたそうだ。

それも、夜の四ツ（午後十時）が過ぎて町木戸が下ろされたころより、おびただしい数の高提灯を並べて、木戸から木戸へ、老若男女が暁のころまで踊り明かすという町が、そこかしこにあって、それで禁止令が出されたと聞いている。

世の中、妙なものが流行する。

このところ、世情は安定しているように思えるが、あるいは町人、庶民のうちには、いわく言いがたい鬱憤《うっぷん》やら不安やらが積もっておって、それをああやって晴らしているのだろうか、などと勘兵衛は考えた。

ちなみに、この大川での乱痴気騒ぎ、四日後の十月十七日には、再び禁止令が出された。

すでに暮れ六ツの鐘も鳴り、夜の帷《とばり》に包まれたうえに、川霧までだんだん濃くなってきたので船頭は、慎重に慎重に舟を進めて、ようやく上之橋の袂に着けた。

「なんなら、ここでお待ちしやしょうか」

船頭が言うのに、

「いや。待たずともよい。それより深い川霧だ。気をつけて戻られよ。それから、これは酒手だ」

「ああ、こりゃあ、おそれいります」

船頭に酒手を渡し、橋袂の桟橋に上がった勘兵衛だが、そこにはすでに二艘の舟が舫《もや》われており、片方は空だが、もう一方に三人の人影が見える。

「…………」

ふと怪しんだ勘兵衛に、

「兄上、兄上ではございませんか」

と、呼びかける声がした。

「お、その声は……」

「はい」

舟から桟橋に上がってきたのは、まちがいなく、弟の藤次郎であった。

「これは驚いた。いつ江戸に戻った」

たしか弟は、若狭の小浜にいたはずだが――。

「はい。つい二日前に……。実は」

藤次郎は、桟橋から川べりの道に上がると、短く事情を述べた。

「なに、亥之助が……」

「はい。残る二人は例の白壁町の町並屋敷に入り、そちらはそちらで別の者が見張っておりますが、熊鷲三太夫こと山路亥之助と条吉の二人は、ついこの先の……、いや、おいでください」

藤次郎が先に立ち、一軒の家を見上げて言った。

「調べましたるところ、ここは浅草・平右衛門町にある船宿で、［よしのや］楢七《ならしち》の寮なのですが、ここが山路の隠れ家になっているようです」

「なんと！」

勘兵衛の血が、みるみる滾《たぎ》ってきた。

「住んでおるのは、寮番の老人一人と、山路と条吉のみ。つい半刻ほど前ですが、山路と条吉は外出をいたしました」

「なに、どこへ」

「つい近間でございますよ。なにやら、岡場所のような怪しげなところがございまして、二人は揃って、そこへしけ込みました」

「なんだと」

思わず、勘兵衛の声が高くなった。

「そちらのほうは、清瀬が見張っておりますが、はて、兄上は、どうしてこちらに？」

「ふむ。いや、そんなことはどうでもよい。そうか、亥之助がおると聞いては捨て置けない」

「どうなさるおつもりで」

「もちろん斬る。俺にとっては、不倶戴天《ふぐたいてん》の仇敵とも思えるやつで、また義兄の敵《かたき》でもある」

「ああ、塩川重兵衛《しおかわじゅうべえ》さまの……」

園枝の兄の命を奪った相手であった。

にわかに緊張した声になって、藤次郎は言った。

「ということであれば、わたしもご助勢いたします」

「いや。亥之助は、俺にまかせろ。この際だ。おまえたちは、条吉のほうを始末してはどうだ」

「そうですな。日高さまも、そろそろ業《ごう》を煮やされて、近く白壁町のほうを全滅させたい、と言っておられました」

「なには、ともあれ、俺は行くぞ」

「一緒にまいります」

「ふむ、人が多うて目立ちはせぬか」

「岡場所は稲荷裏です。うまい具合に川霧も出ており、いくらでも身を隠すところはございます」

「そうか。ところで舟に残った二人はいいのか」

「はい。あれは我が藩抱えの船頭で」

「そうか。では、まいろう」

勘兵衛にとっては、思いもよらぬ展開になってきた。

それにしても、様子見にきた蛤小路に、亥之助が客として入ったというのも、なにかの因縁であろうか。

二郎兵衛町の道には川霧が立ち込め、それを中天の満月に近い月が照らして、白い闇のようになっている。

藤次郎の灯した提灯の灯りで道を照らしながら、南に下る。

「で、亥之助の風体は」

「以前と同じ、黒ずくめに黒の深編笠」

（ふむ。縁に鋼《はがね》を仕込んだ、あの深編笠か）

そんなことを思いながら、次の橋を渡る。

（これが中之橋、すると、ここからが籐左衛門町か）

仁助の説明を思い出しながら、なおも歩を進めていくと、左手の横町らしいところから、わずかな灯りがこぼれ出ている。

「藤次郎、提灯を消せ」

言うと藤次郎、

「あれ、その岡場所をご存じで？」

「いや。話だけは聞いておる」

横町というより、細道に入った。

半町（五〇㍍）ほど先に、ぼうっと稲荷社の燈明らしき灯りが滲み、その奥から、微《かす》かに三味線の音が届いてきた。

稲荷社といっても、燈明台に、狛犬《こまいぬ》が向かい合わせの小さな拝殿があるだけで、塀や囲いがあるわけではない。

細道は、鳥居をくぐると境内の小広い空き地に入り、そのまま拝殿の左横を抜けて裏に通じていくようになっている。

その先には、黒い蛤が描かれた桃色提灯を下げた棒杭のような柱が二本立っているのが見えるばかりで、それ以上は進めない袋小路のようだ。

6

それだけを確かめ、境内の反対側に向かおうとすると、どこからか咳払いの声がした。

藤次郎もまた咳払いを返すと、拝殿の右手から、ぼうっと人影が現われた。

「清瀬です」

言って、藤次郎が、ついで勘兵衛も拝殿横に入った。

驚く清瀬に、

「まあ、話はあとだ」

と言うと、

「こちらに……」

と清瀬が案内したのは、境内片隅にある植栽の陰で、片やはあまり手入れのされていない生け垣があって、横町のほうからも、私娼窟からも視線が届かない場所であった。

だが、生け垣に茂る葉と葉の間からは、提灯のあたりが見通せる。

「ありゃ、どうなっておるのだ」

勘兵衛が尋ねると清瀬が、

「局見世《つぼねみせ》のようですね」

「ふむ。局見世というと？」

「あれ、ご存じない？　切見世ともいいますが」

「とんと……」

「ああ、そうですか」

清瀬はあきれたような声を出し、

「ええと、あの提灯の下がった柱が入口になっておりまして……」

長屋のように通路が走り、その両脇に女郎部屋が、ずらりと並ぶ構造になっているらしい。

「で、こちらは、どうなっておるかはわかりませぬが、ある刻限を決めて提灯がしまわれ、入口の扉が閉められると、残っている客は、泊まり客ということになります」

と、清瀬が補足の説明をした。

「なるほど。まさか、泊まりということはあるまいな」

「まあ、たいがいは一刻（二時間）ばかりで出てまいりましょうが」

「ふむ、すると、あと半刻も立たずに出てくるかもしれぬな」

勘兵衛は、懐から襷を取り出し、襷がけをはじめた。

「兄上は、山路を……いや、熊鷲三太夫を斬るとおっしゃる。実は、あやつは、兄上の敵《かたき》でもあってな……」

藤次郎が、清瀬に説明をはじめている。

襷がけを終えた勘兵衛は、次に足許を固め、

「どちらか、飲み水はお持ちか」

「あ、ございます」

清瀬が腰の瓢《ふくべ》を差し出した。

「かたじけない」

勘兵衛は瓢の水を口に含むと、腰の埋忠明寿の八寸五分（二六センチ）の柄頭《つかがしら》に、霧吹いて、湿り気を与えた。

藤次郎が言った。

「兄上、入口は我らが見張って、きゃつが出ましたら、咳払いで知らせますほどに、あの狛犬裏にでも凭《もた》れてお待ちください」

「そうか。では、頼んだぞ」

弟の言葉に甘えて、勘兵衛は居場所を変えた。

目を閉じ、心を整えて、待つ。

（必ずや討ち取る！）

故百笑火風斎《どうめきかふうさい》より伝授された秘剣、〈残月の剣〉を使うと決めている。

ただただ、じっと待った。

ときおり、足音が近づいたり、また遠のいたりするのは、蛤小路への新たな客の出入りであろう。

だんだんに、勘兵衛の緊張感も高まってきたころ——。

「コホン」

咳払いひとつがあって、足音が聞こえた。

（よし）

勘兵衛は狛犬から離れ、近づいてくる人の気配を読みながら、境内を斜めに突っ切った。

川霧は、ややおさまってきている。

提灯らしい灯りが近づいてくるのを読み、十分に引きつけてから、鯉口を切りながら、ずいと出た。

提灯を手にした条吉らしい男の横に、黒ずくめ、黒い深編笠の男を見た。

その距離、三間（五・五メートル）とはない。

「亥之助！　落合勘兵衛だ。尋常の勝負をしろ」

「むっ」

亥之助は、いきなり条吉を勘兵衛のほうに突き飛ばした。

「とっ、とっ、とっ」

たたらを踏みながらくる条吉を、横に避《よ》け、勘兵衛は埋忠明寿を抜いた。

条吉は、そのまま転んだようだが、それには目もくれず、勘兵衛が亥之助に向かって間合いを詰めていくと、亥之助は後退しながら素早く刀を抜いた。

勘兵衛の後方で、ぼっと光が湧き起こったのは、条吉が取り落とした提灯が燃えはじめたのだろう。

勘兵衛が右八双に構えると、亥之助のほうは左下段にとって、

「ほう。えらく長刀だな」

あざけるような声で言った。

もちろん勘兵衛は、わざと長刀であることを亥之助に見せつけることにより、間合いを判断させようとしたのである。

次に勘兵衛は、青眼《せいがん》に構えた。

真剣の立ち合いにおいて、深編笠は不利となる。

亥之助も青眼に変えて、じりっと後退しながら、右手を顎にやり、深編笠の紐をほどこうと試みた。

そうは、させじと勘兵衛が前進する。

編笠をあきらめた亥之助が、右手を柄頭に戻したとき——。

「ぎゃあーっ！」

勘兵衛の後方で断末魔の声がした。

藤次郎か、清瀬かが、条吉の息の根を止めたのであろう。

まさにその刹那《せつな》——。

「まいる！」

勘兵衛は長剣を左下段に変えながら、一間ばかりも間合いを詰めた。

迎え撃つ亥之助は、腰を落として脇構えに変えた。

その動きを見逃さず、勘兵衛の剣が、左下段から右上にと跳ね上がった。

おそらく亥之助の目には、まるで間合いが足らぬと映ったはずだ。

しかし——。

「ぐっ！」

亥之助の口から、悲鳴とも哀叫《あいきょう》ともとれる声が漏れたとき、勘兵衛は、すすすっと二間ばかりも後退していた。

斬るは刃先五分（一・五チセン）のみ、すなわち鋩子《ぼうし》にて人を倒す、というのが〈残月の剣〉の極意で、それゆえ狙うは頸動脈。

亥之助は、まだ無言のまま立ってはいるが、断ち切られた頸動脈からは、噴水のごとき勢いの血飛沫《しぶき》が撒き散らされているはずだ。

いや、見えずとも、たちまちにして川霧の白い闇に匂い立つ血の気配が、それを物語っている。

勘兵衛が血振りをくれて、長刀を鞘に納めた、そのとき、亥之助は音もなく地に頽《くずお》れた。

「お見事」

「お見事でござる」

清瀬と、藤次郎は口ぐちに言ったが、いったいなにが起こったのか、いや、おそらくは即死したはずの亥之助でさえ、自分になにが起こったのかを認識できなかったはずだ。

た。

〈残月の剣〉を、ひと言で説明するならば、間合いを見誤らせる、という一点に尽きた。

それゆえの長刀であり、並はずれて長い柄頭であった。

瞬発必死の一撃を繰り出すとき、剣の達者ほど、間合いを読み切って、相手の剣が自分まで届くか届かぬかを一瞬のうちに判断する。

事実、勘兵衛がふるった剣は、普通ならば、相手が剣で払うまでもなく、届かない間合いだった。

ところが勘兵衛は、柄頭のもっとも先の部分を右手でしっかりと握り、あまつさえ禁じ手ともされる右手片手切りをおこなうことで、実は、間合いは二尺（六〇チセン）ほども伸びるのだ。

「兄上、早くこの場を去りましょう」

藤次郎が言う。

外の異変に気づいたらしく、蛤小路から人が湧き出しはじめていた。

「行こう」

勘兵衛をはじめとする三人は、まだ川霧の残る大川沿いの道を、提灯に火を入れる暇《いとま》もなく上之橋の桟橋に向かった。

一艘には、清瀬が乗り、もう一艘には勘兵衛と藤次郎が乗り、すぐに二艘の舟は大川に出た。

(ついに、亥之助を討ち取ったぞ!)

改めて確かめるように勘兵衛は、心の内で叫んだが、予想したような高揚感もなく、むしろ――。

なにやら、無常観のような心地がした。

(それにしても……)

気のせいか、まだ血腥《ちなまぐさ》さが鼻を突く。

「や!」

藤次郎が、勘兵衛の袷衣《あわせ》の胸のあたりを指した。

見ると、ぐっしょり、濡れているようだ。

(そうか。噴出した亥之助の血が、あれほどの距離を飛んで、我が胸を濡らしたか)

そこに亥之助の執念のようなものを感じて、ふと――。

(人生朝露《ちょうろ》のごとし、というやつか)

などと勘兵衛は思った。

藤次郎が言う。

「それでは、怪しまれましょう。我が江戸屋敷にてお着替えくださいますよう」

「すまぬな。そうしてもらおうか。ついでと言ってはなんだが、この汚れた着物は焼却して、できれば灰は、大川にでも流してやってくれ」

「承知しました」

二艘の舟は、伊勢踊りで踊り狂う屋形船の合間を縫うように大川を遡り、神田川和泉橋から近い大和郡山藩本藩の江戸屋敷へと向かった。


その翌朝も朝まだき――。

白壁町にある酢問屋［丹波屋］に、毎朝豆腐を届けにくる振り売りが、いつものように［丹波屋］の裏木戸のほうにまわって異変に気づいた。

裏路地に向かい合って建つ、塀は簓子塀《ささらこべい》で、檜肌葺《ひわだぶき》門までついている町並屋敷の、裏木戸が破られたまま開いている。

それで不審に思って自身番に、そのことを知らせたところ、町役人たちがやってきて内部を検分した。

すると、ある者は布団のなかで、ある者は台所でと、五人もの侍の斬殺体が出てきて大騒ぎとなった。

それから八日ばかりが経った十月二十一日のことである。

松田の執務部屋に入った勘兵衛に、松田がこう言った。

「実は、昨夜のことだがな。例の中川喜平が捕らえられたぞ」

「え……」

勘兵衛は驚き、

「どんな手を使われたので……？」

「ハハ……。わしではないわ。例の里美どのへの喜平の所業を、稲葉さまが、用人の矢木さまから耳にして、烈火のごとく、お怒りになったそうだ。なに、おまえから聞いた喜平の本拠地や生業《なりわい》のことは、矢木さまの耳に入れておいたでな。稲葉さまは老中として、北町奉行の島田忠政に、きつく召し捕りを命じられた、というわけじゃ」

「なるほど」

「で、肝心の喜平じゃが、よせばいいものを、えらく抵抗をして捕り方の多くに傷を負わせたらしゅうてな。いまだ裁きは決まっておらぬが、僭上《せんじょう》の振舞いなり、ということで、軽くて島送り、下手をすれば死罪ということになりそうじゃ」

「じゃあ、片づきましたな」

「うむ。おまえも名乗りを挙げるわけにはいかぬが、義兄の敵《かたき》を見事に討ち果たし、弟御の藤次郎たちは、主君を狙う暗殺団を壊滅に追い込んだ。いや、あれもこれも、めでたいことだらけじゃ」

言って、松田は上機嫌に笑った。

［筆者註］

本稿の江戸地理に関しては、延宝七年［江戸方角安見図］（中央公論美術出版）および、御府内沿革図書の［江戸城下変遷絵図集］（原書房）によりました。

二見時代小説文庫

川霧《かわぎり》の巷《ちまた》 無茶《むちゃ》の勘兵衛《かんべえ》日月録《じつげつろく》16

著者 浅黄《あさぎ》 斑《まだら》

発行所 株式会社 二見書房
東京都千代田区三崎町二-一八-一一
電話 〇三-三五一五-二三一一［営業］
〇三-三五一五-二三一三［編集］
振替 〇〇一七〇-四-二六三九

印刷 株式会社 堀内印刷所
製本 ナショナル製本協同組合

落丁・乱丁本はお取り替えいたします。
定価は、カバーに表示してあります。

©M. Asagi 2013, Printed in Japan. ISBN978-4-576-13073-6
http://www.futami.co.jp/

山峡の城　無茶の勘兵衛日月録

浅黄 斑［著］

藩財政を巡る暗闘に翻弄されながらも毅然と生きる父と息子の姿を描く著者渾身の感動的な力作！本格ミステリ作家が長編時代小説を書き下ろし

火蛾《かが》の舞　無茶の勘兵衛日月録2

浅黄 斑［著］

越前大野藩で文武両道に頭角を現わし、主君御供番として江戸へ旅立つ勘兵衛だが、江戸での秘命は暗殺だった……。人気シリーズの書き下ろし第2弾！

残月の剣　無茶の勘兵衛日月録3

浅黄 斑［著］

浅草の辻で行き倒れの老剣客を助けた「無茶勘」こと落合勘兵衛は、凄絶な藩主後継争いの死闘に巻き込まれていく……。好評の渾身書き下ろし第3弾！

冥暗《めいあん》の辻　無茶の勘兵衛日月録4

浅黄 斑［著］

深傷を負い床に臥した勘兵衛。彼の親友の伊波利三は、ある諫言から謹慎処分を受ける身に。暗雲が二人を包み、それはやがて藩全体に広がろうとしていた。

刺客の爪　無茶の勘兵衛日月録5

浅黄 斑［著］

邪悪の潮流は越前大野から江戸、大和郡山藩に及び、苦悩する落合勘兵衛を打ちのめすかのように更に悲報が舞い込んだ。大河ビルドンクス・ロマン第5弾

陰謀の径《みち》　無茶の勘兵衛日月録6

浅黄 斑［著］

次期大野藩主への贈り物の秘薬に疑惑を持った江戸留守居役松田と勘兵衛はその背景を探る内、迷路の如く張り巡らされた謀略の渦に呑み込まれてゆく……

報復の峠　無茶の勘兵衛日月録7

浅黄 斑［著］

越前大野藩に迫る大老酒井忠清を核とする高田藩と福井藩の陰謀、そして勘兵衛を狙う父と子の復讐の刃！正統派教養小説の旗手が贈る激動と感動の第7弾！

二見時代小説文庫

惜別の蝶 無茶の勘兵衛日月録8
浅黄 斑［著］
越前大野藩を併呑せんと企む大老酒井忠清。事態を憂慮した老中稲葉正則と大目付大岡忠勝が動きだす。藩御耳役・勘兵衛の新たなる闘いが始まった……！

風雲の谺《こだま》 無茶の勘兵衛日月録9
浅黄 斑［著］
深化する越前大野藩への謀略。瞬時の油断も許されぬ状況下で、藩御耳役・落合勘兵衛が失踪した！ 正統派教養小説の旗手が着実な地歩を築く第9弾！

流転の影 無茶の勘兵衛日月録10
浅黄 斑［著］
大老酒井忠清への越前大野藩と大和郡山藩の協力密約が成立。勘兵衛は長刀「埋忠明寿」習熟の野稽古の途次、捨子を助けるが、これが事件の発端となって…

月下の蛇 無茶の勘兵衛日月録11
浅黄 斑［著］
越前大野藩次期藩主廃嫡の謀略が進むなか、勘兵衛は大目付大岡忠勝の呼び出しを受けた。藩随一の剣の使い手勘兵衛に、大岡はいかなる秘密を語るのか…！

秋蜩《ひぐらし》の宴 無茶の勘兵衛日月録12
浅黄 斑［著］
越前大野藩の御耳役・落合勘兵衛は祝言のため三年ぶりの帰国の途に。だが、待ち受けていたのは五人の暗殺者……！ 苦闘する武士の姿を静謐の筆致で描く！

幻惑の旗 無茶の勘兵衛日月録13
浅黄 斑［著］
祝言を挙げ、新妻を伴い江戸へ戻った勘兵衛の束の間の平穏は密偵の一報で急変した。越前大野藩の次期藩主・松平直明を廃嫡せんとする新たな謀略が蠢動しはじめたのだ。

蠱毒の針　無茶の勘兵衛日月録14
浅黄斑［著］
越前大野藩の次期後継・松平直明暗殺計画は潰えたはずだが、新たな謀略はすでに進行しつつあった。藩内の不穏を察知した落合勘兵衛は秘密裡に行動を……

妻敵《めがたき》の槍　無茶の勘兵衛日月録15
浅黄斑［著］
越前大野藩の次期後継廃嫡を目論む大老酒井忠清と越後高田藩小栗美作による執拗な工作は、勘兵衛と影目付らの活躍で撃退した。が、更に新たな事態が……！

北瞑の大地　八丁堀・地蔵橋留書1
浅黄斑［著］
蔵に閉じ込めた犯人はいかにして姿を消したのか？　岡っ引き喜平と同心鈴鹿、その子蘭三郎が密室の謎に迫る！捕物帳と本格推理の結合を目ざす記念碑的新シリーズ！

剣客相談人　長屋の殿様 文史郎
森詠［著］
若月丹波守清胤、三十二歳。故あって文史郎と名を変え、八丁堀の長屋で貧乏生活。生来の気品と剣の腕で、よろず揉め事相談人に！心暖まる新シリーズ！

狐憑きの女　剣客相談人2
森詠［著］
一万八千石の殿が爺と出奔して長屋暮らし。人助けの万相談で日々の糧を得ていたが、最近は仕事がない。米びつが空になるころ、奇妙な相談が舞い込んだ……

赤い風花《かざはな》　剣客相談人3
森詠［著］
風花の舞う太鼓橋の上で旅姿の武家娘が斬られた。瀕死の娘を助けたことから「殿」こと大館文史郎は巨大な謎に立ち向かう！大人気シリーズ第3弾！

乱れ髪 残心剣 剣客相談人4
森 詠［著］

「殿」は、大川端で心中に見せかけた侍と娘の斬殺死体を釣りあげてしまった。黒装束の一団に襲われ、御三家にまつわる奥深い事件に巻き込まれていくことに…！

剣鬼往来 剣客相談人5
森 詠［著］

殿と爺が住む八丁堀の裏長屋に男装の女剣士が来訪！大瀧道場の一人娘・弥生が、病身の父に他流試合を挑む凄腕の剣鬼の出現に苦悩、相談人らに助力を求めた！

夜の武士《もののふ》 剣客相談人6
森 詠［著］

殿と爺が住む裏長屋に若侍を捜してほしいと粋な辰巳芸者が訪れた。書類を預けた若侍が行方不明なり、相談人らに捜してほしいと…。殿と爺と大門の剣が舞う！

笑う傀儡《くぐつ》 剣客相談人7
森 詠［著］

両国の人形芝居小屋で観客の侍が幼女のからくり人形に殺される現場を目撃した「殿」。同じ頃、多くの若い娘の誘拐事件が続発、剣客相談人の出動となって……

七人の刺客 剣客相談人8
森 詠［著］

兄の大目付に呼ばれた殿と爺と大門は驚愕の密命を受けた。江戸に入った刺客を討て！ 一方、某大藩の侍が訪れ、行方知れずの新式鉄砲を捜し出してほしいという。

蔦《つた》屋でござる
井川香四郎［著］

老中松平定信の暗い時代、下々を苦しめる奴は許せぬと反骨の出版人「蔦重」こと蔦屋重三郎が、歌麿、京伝ら「狂歌連」の仲間とともに、頑固なまでの正義を貫く！

二見時代小説文庫

人生の一椀 小料理のどか屋 人情帖1
倉阪鬼一郎［著］

もう武士に未練はない。一介の料理人として生きる。一椀、一膳が人のさだめを変えることもある。剣を包丁に持ち替えた市井の料理人の心意気、新シリーズ！

倖せの一膳 小料理のどか屋 人情帖2
倉阪鬼一郎［著］

元は武家だが、わけあって刀を捨て、包丁に持ち替えた時吉の「のどか屋」に持ちこまれた難題とは…。心をほっこり暖める時吉とおちよの小料理。感動の第2弾

結び豆腐 小料理のどか屋 人情帖3
倉阪鬼一郎［著］

天下一品の味を誇る長屋の豆腐屋の主が病で倒れた。このままでは店は潰れる。のどか屋の時吉と常連客は起死回生の策で立ち上がる。表題作の外に三編を収録

手毬寿司 小料理のどか屋 人情帖4
倉阪鬼一郎［著］

江戸の町に強風が吹き荒れるなか上がった火の手。店を失った時吉とおちよは無料炊き出し屋台を引いて復興への一歩を踏み出した。苦しいときこそ人の情が心にしみる！

雪花菜飯《きらずめし》 小料理のどか屋 人情帖5
倉阪鬼一郎［著］

大火の後、神田岩本町に新たな店を開くことができた時吉とおちよ。だが同じ町内にけれん料理の黄金屋金多が店開きし、意趣返しに「のどか屋」を潰しにかかり…

面影汁 小料理のどか屋 人情帖6
倉阪鬼一郎［著］

江戸城の将軍家斉から出張料理の依頼！ 隠密・安東満三郎の案内で時吉は江戸城へ。家斉公には喜ばれたものの、知ってはならぬ秘密の会話を耳にしてしまった故に…

命のたれ 小料理のどか屋 人情帖7
倉阪鬼一郎［著］

とうてい信じられない世にも不思議な異変が起きてしまった！ 思わず胸があつくなる！ 時を超えて伝えられる命のたれの秘密とは？ 感動の人気シリーズ第7弾

夢のれん 小料理のどか屋 人情帖8
倉阪鬼一郎［著］

大火で両親と店を失った若者が時吉の弟子に。皆の暖かい励ましで「初心の屋台」で街に出たが、事件に巻きこまれた！ 団子と包玉子を求める剣呑な侍の正体は？

神の子 花川戸町自身番日記1
辻堂魁［著］

浅草花川戸町の船着場界隈、けなげに生きる江戸庶民の織りなす悲しみと喜び。恋あり笑いあり人情の哀愁あり、壮絶な殺陣ありの物語。大人気作家が贈る新シリーズ！

女房を娶《めと》らば 花川戸町自身番日記2
辻堂魁［著］

奉行所の若い端女《はしため》お志奈の夫が悪相の男らに連れ去られてしまう。健気なお志奈が、ろくでなしの亭主を救い出すため、たった一人で実行した前代未聞の謀挙とは…！

陰聞《かげき》き屋 十兵衛
沖田正午［著］

江戸に出た忍《しのび》四人衆、人の悩みや苦しみを陰で聞いて助けます。亡き藩主の無念を晴らすため萬ず揉め事相談を始めた十兵衛たちの初仕事の首尾やいかに⁉ 新シリーズ

刺客 請け負います 陰聞き屋 十兵衛2
沖田正午［著］

藩主の仇の動きを探るうち、敵の懐に入ることになった陰聞き屋の仲間たち。今度は仇のための刺客や用心棒まで頼まれることに。十兵衛がとった奇策とは⁉

水妖伝 御庭番宰領
大久保智弘［著］

信州弓月藩の元剣術指南役で無外流の達人鵜飼兵馬を狙う妖剣！ 連続する斬殺体と陰謀の真相は？ 時代小説大賞の本格派作家、渾身の書き下ろし

孤剣、闇を翔ける 御庭番宰領
大久保智弘［著］

時代小説大賞作家による好評「御庭番宰領」シリーズ、その波瀾万丈の先駆作品。無外流の達人鵜飼兵馬は公儀御庭番の宰領として信州への遠国御用に旅立つ！

吉原宵心中 御庭番宰領3
大久保智弘［著］

無外流の達人鵜飼兵馬は吉原田圃で十六歳の振袖新造・薄紅を助けた。異様な事件の発端となるとも知らずに……ますます快調の御庭番宰領シリーズ第3弾

秘花伝 御庭番宰領4
大久保智弘［著］

身許不明の武士の惨殺体と微笑した美女の死体。二つの事件が無外流の達人鵜飼兵馬を危地に誘う…。時代小説大賞作家が圧倒的な迫力で権力の悪を描き切った傑作！

無の剣 御庭番宰領5
大久保智弘［著］

時代は田沼意次から松平定信へ…。鵜飼兵馬は有形から無形の自在剣へと、新境地に達しつつあった……時代小説の新しい地平に挑み、豊かな収穫を示す一作！

妖花伝 御庭番宰領6
大久保智弘［著］

剣客として生きるべきか？ 宰領（隠密）として生きるべきか？ 無外流の達人兵馬の苦悩は深く、そんな折、新たな密命が下り、京、大坂への暗雲旅が始まった。

白魔《びゃくま》伝 御庭番宰領7
大久保智弘［著］

発端は不審な帳簿であった。鵜飼兵馬は真偽を確かめるべく寛政の改革下、江戸を後にし奥州白河へ。猛吹雪に行手を阻まれる兵馬の前に驚愕の真相が！ 待望の第7弾